講談社文庫

ザ・ジョーカー

新装版

大沢在昌

JN041488

講談社

目次

ジョーカーの当惑

1

大きな仕事をした。ひと月は仕事をしなくても暮らせていけそうだ。それを沢井《さわい》に告げるため、私はでかけていった。

そのバーは、六本木《ろっぽんぎ》の外れ、飯倉片町《いいくらかたまち》から麻布《あざぶ》台《だい》へと抜ける目抜き通りの裏側にある。表通りに面した高級イタリア料理店と中でつながっているが、客の行き来はほとんどない。

表通りの店は、青山《あおやま》や六本木に高級フランス料理とかわらない値段をとるイタリア料理店がオープンするまでは、子供向けでないパスタ料理を食べさせる、唯一の存在だった。おかげで客は有名人やら金持やらがひきもきらず、店内は最新ファッションの、店の前の通りは高級外車の、陳列場となっている。

反対に、裏側にあるバーはいつもひっそりとしていて暗く、店の人間はバーテンダーがひとりいるにすぎない。客も常連ばかりで、皆どこか変わっている。たいてい、人にいえない過去をもち、今も堂々と看板をだせないような稼業で暮らしている。

私もそのひとりだ。仕事はしごくまともだが、やり方がまともでないことに定評がある。もちろん、そうした評判がたてばたつほど、仕事の方は増えこそすれ、減ることはない。

私にとっては、この店は連絡事務所である。年中無休で午前四時まで開いており、客の素姓《すじよう》に気をとめないここは、ひどく使い勝手がいい。

ただし、バーテンダーである沢井には、そのために飲み代以外のチャージも払っている。

この店を訪れ、私につけられたある渾名《あだな》を口にする客がいれば、それはバーではなく、私の客、ということになる。沢井はその客のために一杯目だけは店の奢《おご》りをだす。二杯目以降が誰の勘定になるのか、私は知らない。というのも、私に仕事を頼みにきた客で、この店で二杯以上の酒を飲んだ者はいないからだ。

その夜、私がバーに入っていくと、カウンターをはさんで沢井の向かいに筒野《つつの》がいた。でっぷりと太っていて、着ているものはそれほどではないが、腕時計や指輪、カフス、ネックレス、ブレスレットなど装飾品をあわせると、優に一億をこえる金額を身につけている。筒野という名はもちろん本名ではない。この店でそう呼ばれているだけだ。

筒野の仕事は、密輸専門の運び屋だった。ただし、麻薬と武器の類いにだけは手をださない。そのどちらもが、密輸が発覚した国によっては死刑になるからだ。身につけているものが高価なのは、つかまった場合、即座に賄賂《わいろ》としてさしだし逃れるためだと聞いている。

筒野もこのバーを根城《ねじろ》にし、連絡事務所にしている。つまり、私と同じで、この陰気な店にしては高い酒代を払っている仲間だ。

バーテンダーの沢井は、元プロボクサーで、いいところまでいったが、ボクサーとしては致命的な欠点である「グラスの顎《ガラスのあご》」のため、一度落ちるところまで落ちた男だった。私がそれを知ったのは、今からもう何年も前に、ある賭場《とば》で用心棒をしていた沢井を、その賭場の裏にある工事現場に落ちていたスティールパイプで殴り倒したときだった。

互いにそのときは仕事だった。したがって恨みやわだかまりはない。

おしなべてプロとはそういうものだ。陽のあたる世界ならともかく、この裏側の狭い社会では、商売敵などにいちいち恨みを残していたら、殺しあったあげくひとりもいなくなってしまう。スポーツマンシップなどカケラもない業界だが、いつまでも恨みをもちこせば結局は自分が生きづらくなるだけなのだ。

筒野は好物のフローズンダイキリを前にしていた。ダイヤモンドの巨石が光る丸まっちい指で、ひょいとグラスをもちあげてみせた。

「いらっしゃいませ」

四十に手が届こうというのに、きのうまでディスコのボーイをしていたとしか見えないような沢井が、やけに嬉しそうな声で私を迎えた。今どきもう、潰してゲームセンターかカラオケボックスにした方が儲《もう》かりそうな日焼けサロンに通っていて、やけにきれいな小麦色の肌をしている。笑うと、まっ白な総入れ歯が光るのが自慢だ。ときどき、そうなる原因を作ったのが私であることを思いださせるために、日焼けサロンに通っているのではないかと、私は思うことがある。

「今日はずいぶん早いですね」

筒野とはふたつおいたストゥールに腰をおろした私に、沢井はいった。

「ちょうどよかった」

「よかった、とは？」

私は沢井を見やった。嬉しそうな顔から、およその見当はついていた。

「さっき女の声で電話がありました。何時頃、きているかって」

「俺がか」

私はいって、ちらりと筒野を見やった。聞こえないふりをしていた。互いに仕事は知っているが、その中味を話題にすることはめったにない。

「もちろんですよ。あと一時間くらいしたらくるんじゃないですかね」

「じゃあ、断わってもらおう」

「え？」

沢井は心底、驚いたような顔をした。本当は私がなぜそういうのかを知っている筈《はず》なのだ。一件の仕事で私が得る報酬の四分の一は、沢井の懐《ふとこ》ろに入る。

「休み、とるんですか」

不服そうに沢井は唇を尖らせた。

「ああ。どこか南の島にでも飛んで、のんびりしようと思っている。今日はその行先を筒野さんに相談しにきたんだ」

「ゴルフ、釣り、それともビーチで寝そべるだけかね」

筒野がすすっていたダイキリのグラスをおろし、いった。チンチン、という澄んだ音がする。ダイヤをグラスに軽く当てているのだ。

「全部いいですな。ついでに恐い病気の心配もない女の子がいれば最高だ」

筒野は面白がっているような表情で私を見た。

「本気で知りたいのかね」

「ええ」

筒野は沢井を見た。

「メモ用紙を」

ふくれっ面の沢井は、カウンターの内側からメモ用紙をだした。飯より金を数えるのが好きな男だ。私と同じように大枚を稼いだくせに、私が休んで次の仕事の取り分が入らなくなるのが面白くないのだ。

メモ用紙をうけとった筒野は、背広の内側から純金製のボールペンをとりだした。頭のところにはルビーと覚《おぼ》しい石が埋められている。

メモ用紙にそれで何ごとかを書きつけ、折り畳んだ。

私に向き直る。

「電話番号を書いておいた。ジャカルタに飛んで、この番号にかけるといい。三十分で迎えのリムジンがくる。七十年ほど前くらいから、インドの王族や植民地政府のヨーロッパ人高官が使っていた会員制のリゾートクラブだ。電話番号の下に書いてある六桁の数字が紹介者番号だ。望むものは、すべてそこで手に入る。ただし、この番号の有効期間はあと四日、今月いっぱいだ。毎月、変わるのでね」

「明日、渡《た》ちますよ」

私はいって手をさしだした。筒野はゆっくりと首をふった。人のよさそうな、中小企業の親爺《おやじ》といった顔に笑みを浮かべた。

「紹介料をちょうだいする。十万円ほど」

私は肩をすくめ、財布をとりだした。十枚の一万円札とひきかえに、筒野はメモを私によこした。

開くと、ふたつの数字の列が並んでいるだけだ。

「もとはとれますね？」

見やった私に、筒野はグラスをふった。

「保証しよう。引退したらそこに永住するのが私の夢だ」

「そいつはすごい」

沢井が私の手の中のメモ用紙を見つめ、いった。

私は意地悪く、それをひらひらさせてやって胸ポケットにしまった。

「お前さんなら明日にでも引退して、ここに住めるのじゃないか」

「よくいいますよ。しがない酒場の親爺に」

「年中無休でやっていれば、しこたまたまるだろう」

「お客さんがなかなか協力して下さらなくてね」

沢井はわざとらしくため息をついてみせた。

「とにかく、客がきたら、俺はいないというんだな」

「わかりましたよ」

そのとき、店の扉が開いた。

「いらっしゃいませ」

ソバージュにした髪をたらした背の高い女だった。丈の長い黒いコートを着け、バックスキンのブーツをはいている。おかまに聞こえそうな低い声でいった。

「あの、ジョーカーってお客さんは」

沢井が私を見た。私は返事をせず、女には背中を向けるようにしてすわっていた。

「まだ、お見えになっていません。ひょっとしたら今日は見えないかもしれません」

沢井が答えた。私は心の中で、沢井を罵《ののし》った。休みだから当分こないといえばいいのだ。居すわられてしまうかもしれない。沢井の好みが、大柄でバタくさい顔であることを、私はそのときになって思いだした。

「では、少し待たせていただいていいですか」

女がいい、沢井は、

「どうぞ、おすわりになっていて下さい」

と、奥にある小さなブースを指さした。

「ありがとう。あの、ビールを下さい」

「はい」

女は私のうしろを通りすぎ、ボックスに腰かけた。私は覚悟を決め、煙草《たばこ》に火をつけた。

「あら」

女がいった。やはりだ。勘のいいところがある女だから、気づかれずにはすまないと思っていた。

「森尾《もりお》さん、でしょ」

沢井が驚いたように私を見た。森尾は、私がアパートを借りるために使っている名だ。

私は初めて気づいたふりをして、女を見やった。

「なんだ……。由紀《ゆき》か」

「おっどろいたあ。なんで森尾さんがここにいるの？」

「俺だって酒を飲むぜ」

「じゃここ、森尾さんの行きつけ」

「まあな」

　由紀は首をふった。

「ずっと森尾さんのことを考えていたの。ここにくるまで」

　私は息を吐き、自分のジントニックのグラスをつかんだ。由紀のブースまで歩みよった。由紀は嬉しそうに横にずれ、私の席を作った。

「待ちあわせじゃないのか」

「そうだけど、会ったことのない人なの。ジョーカーって渾名の人、知ってる？」

　私は首をふった。

「いや。そんなにしょっちゅうくるわけじゃないんでね」

「あたしなんて六本木なんかほとんどでないから、道に迷いまくっちゃったわよ」

「そういえば、今日は仕事、休みか」

「休みにしたのよ」

　由紀は怒ったようにいった。

由紀を知ったのは、一年半前だ。彼女の仕事は、表向きマッサージ師ということになっている。その当時は「ひびきマッサージ」という、新宿《しんじゅく》にある大手のマッサージ店にいて、女性マッサージ師としては、指名度の一、二を争う売れっ子だった。

現在、東京にあってビラを配るような大きな出張マッサージ店はほとんど、通常のマッサージ師と、オイル・パウダーマッサージ専門の若い女性マッサージ師の両方を抱えている。

由紀は、オイル・パウダーマッサージの専門だった。

オイル・パウダーマッサージは、この三、四年で一気に市場を広げた業界である。それまでは、中年の女性マッサージ師が女性客を中心にスキンケアやリラックスを目的としておこなっていたものが、手を使う性感マッサージのテクニック向上もあって、エイズなどへの不安から、ソープやホテトルを離れた客層を吸収したのだ。

私はマッサージを呼ぶことが多く、アパートの郵便受けに入っていたビラから「ひびきマッサージ」に出張を頼み、やってきた由紀と知りあったのだ。

由紀は酒が好きで、よく笑い、よく喋《しゃべ》る女だった。大阪《おおさか》出身で、中学卒業後美容師になり、その後美容院の店長にまでなったが、オーナーであるパトロンとの不倫関係に終止符を打つべく、二十二で上京した。それから手っとり早く金を得るために、ピンクサロン、ホテトルを渡り歩き、現在のマッサージ師を仕事にするようになった。マッサージ師といっても、オイル・パウダーのマッサージガールは、正規のマッサージ免許をもっているわけではない。要は、客の体に触《ふ》れ、その触れ方で性的興奮をおこさせ、それを解消させるのだ。したがって女の子も千差万別で、由紀のようにかなり高度なテクニックをもっていて、新人に講習をするような正統派から、とりあえず客のそこをしごいて抜けばいい、それで駄目ならセックスをしてしまおう、という乱暴な考え方をする娘までさまざまだ。

彼女らオイル・パウダーマッサージ師が、ホテトルや、通称「宅配」と呼ばれる出張売春婦と基本的にちがうことがひとつある。

それは客との関係に、セックスが前提とされていない点だ。客がマッサージ師に要求できるのは、手を使った射精行為で、いわゆる本番ではない。もちろん、客とマッサージ師との間で交渉が成立し、別料金を支払うことで、セックスに及ぶケースがないではないが、売春婦とちがって、必ずそうしなければならないわけではない。

そのために、私自身、由紀を含む何人かのそうしたマッサージ師からサービスをうけ、ときに体をあわせることもあったが、彼女らは例外なく明るい性格をしていた。

その理由として彼女らがあげたのが、嫌な客と本番行為をしなくてもよい、という点だ。

そうした明るさは、ある種の客には物足りなく感じられるだろうが、多くの客には新鮮で、擬似恋愛とも呼べる感情をひきおこす。

料金は一時間単位で支払われる。その間、客に呼ばれた女性が、必ずしもマッサージ行為をおこなわないこともあるようだ。

あるとき由紀は、

「あたしの指名のお客さんで、いくといつも、ベッドに並んで寝転がってテレビを見ながらビールを飲むだけって人がいる」

と話した。料金は当然、規定の額を受けとってくる。

訊《き》くと、意外にそうしたタイプの客は多いようだ。彼らにとっては、彼女らはいわば「出張ホステス」である。

つまるところ、身ぎれいにした上で盛り場まででかけていき、単に並んで酒を飲むだけで払うのと同じような料金で、自宅にいながらにして、一対一の話し相手になる若い娘にきてもらい、もし下半身が要求すればそちらの面も解消してくれるのだ。肌に触れる仕事なので女の子に気どり屋は少ない。

客の多くが単身赴任などのサラリーマンであるというのも頷《うなず》けるような気がした。

たぶん好みの問題でもあるだろうが、私はすわっただけで何万という料金を請求されるバーやクラブよりは、彼女らと過す方が気にいっていた。もちろん、独り身であるから、性欲解消の手段としても。


「機嫌が悪そうだな」

私は落ちつかないものを感じながらいった。こうして由紀と、自宅以外の場所で向かいあっていることが奇妙な気分にさせる。

「悪いっていうかさ、困ってるの」

「何があったんだ？」

訊きながら、私は後悔していた。ジョーカーとして由紀に接すれば、休みは後回しになるが収入は得られる。しかし、客である森尾個人として、由紀の悩みを聞き、その解決に役立たねばならなくなるとすれば、それは無料サービスだ。問題は、かりにそうなったとして、沢井もまた無料であきらめるかどうかだ。

これは実におかしな問題だった。私がジョーカーを名乗るようになって、もう二十年近くがたつが、ただで仕事を請け負ったことは一度もない。知人が依頼人になったこともなかった。

私の問いに由紀は大きく息を吐いた。

「さっき、森尾さんのこと考えていたっていったでしょう。もしここにきて、ジョーカーって人に頼めなかったら、森尾さんに相談してみようかなって思ってたの。森尾さんのこと何も知らないけど、何となく頼りになりそうな人だと思っていたし……」

「そいつは光栄だな」

いった私の言葉が冗談なのかどうかを確かめるように由紀は私をにらんだ。

「本気よ」

「わかってる」

だが、金銭の受け渡しがあったとはいえ、すでに肉体関係をもった女性に改めてこうして評価されるのも、妙な気分だった。

「ジョーカーって人はこないのかしら」

いって、由紀は沢井を見た。沢井は聞こえないふりをして、グラスを磨いている。

由紀はしばらく沢井を見ていたが、決心したように、深く息を吸いこんだ。

「いいわ。ここで森尾さんに会ったのも何かの縁だから、森尾さんに話しちゃう。森尾さんもあたしの仕事のこと、知ってるものね」

「まあな」

「話してないこともあるけど」

私は煙草をくわえた。どうやら最も望ましくない状況になりつつあった。ジョーカーが私であることを前もって告げるなら、今が機会だった。それにしても遅すぎるような気がする。

「――実はね、今、あたしがいるお店『城西《じょうさい》マッサージ』は表向き本田《ほんだ》くんて男の子がやってるんだけど、本当のオーナーはあたしなの」

「君がボスなのか」

「そう。でもあたし自身、お店にでてるし、他の女の子とのからみもあるから、一部の子にしか教えてないのよ。やりにくいでしょ、オーナーが自分たちと同じマッサージ嬢だったら」

「かもしれんな」

由紀が今の店に移ったのは、確か半年ほど前だった。ふつうマッサージ師は、客に対し何の予告もなく店をやめてしまう。店をやめる理由は、もっと多くの客につける別の店に移るか、その店じたいが嫌になるか、一時的にせよ永久にせよ、マッサージの仕事をあがるかのどれかである。由紀は二番めの理由で「ひびきマッサージ」をやめたといい、昼間、私のアパートに電話をよこして、新しく「城西マッサージ」に移ったから、と電話番号を教えたのだった。実はそれが独立であったことを、黙っていたわけだ。

「珍しくないのよ、この業界じゃ。現役で働いている女の子がオーナーになるケースって。でもたいてい皆んな内緒にするわ。中にはオーナーなのに、自分は他店で働いている子もいる。いい客を自分のやってる店にひっぱるのが狙いだったりして」

「いろいろ考えるんだな」

「それなりに体張ってるからね。そこら辺のホステスよりは厳しいわよ。ケツモチなんかの問題もあるし」

「ケツモチ？」

「バックにつけるヤクザのこと。ビラは、出張する地域のマンションなんかに全部配るから、必ず、ヤクザから電話が入るわ。どこに断わって商売やってるんだって。だから前もってどこかの組と話をつけとくの。月、三万とか四万で」

「強くはでられないのか」

「あたしたちは飲み屋とはちがうから。強気にでたりしたら、客のフリして、女の子さらわれたりしちゃうもの。そりゃ女の子には手は出さないけど、そういうことが一度でもあると、業界に噂が流れて新しい女の子が寄りつかなくなっちゃうのよ」

「なるほど」

「それに自宅出張のお客さんが多い地域ってのは、マンションなんかの多い区だから、そういうところは必ずヤクザの事務所があるしね」

「困っているというのは、ヤクザか」

「そんなのじゃないわ。うちはいろんなコネがあるから、そういうトラブルだったらわりにすぐ解決できるもの」

　由紀はいった。その通りだろう。あけっぴろげで、姉御肌《あねごはだ》のこの女が、東京ヘトランクひとつででてきてからわずか六年で、パトロンがいるだろうとはいえ、自分のマッサージ店をもったのだ。営業許可をとるためには、本物の免許をもったマッサージ師の名が必要だし、その他にも女の子を運ぶ、無線機を積んだ複数の車やその運転手の手配、店となるマンションの部屋の契約から、多数の電話回線のひきこみ、ビラの印刷、投げこみにいたるまで、ひとりでやれる作業ではない。その気っぷと腕に惚《ほ》れた、何人もの男がいたことは容易に想像がつく。

　由紀は煙草をくわえ、火をつけた。その姿は、水商売にも見えないし、ふつうのOLともまたちがう。かといって新宿や渋谷《しぶや》などにいる低料金の風俗店の娘たちとも似た雰囲気はない。煙を吐き、いった。

「うちはね、あたしの考えだったんだけど、顧客管理をすごくきちんとしていたの。一度いったお客さんの、名前・住所・電話番号、それからどの子がいついったかを、全部コンピュータに打ちこんでいるのよ。たとえばお客さんが、今までついたことのない子がいいっていったら、すぐにわかるし、逆に気にいっていていつも指名していた子がやめちゃったりしたら、その子と似たタイプの子を選んで送れるじゃない。ブラックのお客もすぐわかるし」

「ブラック？」

「問題のある客よ。SMっけがあって、女の子が嫌がることをしたり、本番をやたらやりたがったり、料金を値切ったりする奴」

いってから由紀はにたっと笑った。

「大丈夫よ。森尾さんはブラックになってないわ」

「ありがたいね。それで？」

「管理台帳のフロッピーが盗まれちゃったのよ。お客さんのリストが全部」

「――誰がやったのかわかっているのか？」

「わかってる。舞子《まいこ》って三日前にやめた子よ。あたしが信用してたドライバーの子をたらしこんで、盗っていったの」

由紀はいって、詳しく説明した。「城西マッサージ」も、同業他店と基本的にはちがいのない営業をしている。受付は午後七時から午前四時までで、結果、ラストの客との仕事が終わるのは午前五時である。お茶をひいている子以外は、それから店に戻って精算をする。精算とは店に戻すバックで、一時間一万六千円の「城西」では、五千円を店あてのバックにしている。精算が終わると順次女の子たちは帰宅するが、オーナーである由紀と由紀とは長いつきあいの運転手、小田切《おだぎり》は、最後まで店に残る。

小田切は、由紀が「城西」をオープンする前から相談にのっていた〝仲間〟で、「城西」の、あとふたりの運転手をひっぱってきた人間だった。

三日前、由紀は週に一度の定休で店を休んでいた。精算に関しては小田切に任せていても大丈夫だと信じていたのだ。事実、その日の店のアガリは、きちんと朝のうちに夜間金庫を通して由紀の口座にふりこまれていた。しかし、翌日の夕方、由紀が出勤すると、小田切がでてきておらず、顧客管理のフロッピーがなくなっていたのだ。

「なぜ舞子という娘がやらせたと思うんだ？」

「舞子もその日にやめて連絡がとれないの。それと前からやけに小田切くんにアプローチしていたのよ」

「舞子……。俺は知らないな」

「ついたことないわ。森尾さんはほとんどあたしだものね。二十三で、きれいな子よ。背が高くて脚が特にきれいだったわ。うちにはふた月くらい」

「どこからきたんだ？」

「たぶん宅配だと思う。でもわりに熱心にあたしの講習うけたし、若いしきれいだから、指名もすごくあった。ほとんど一日中、指名で埋まっていたわ」

忙しい娘は、最初の客のもとに向かうために店をでると、ラストまで一度も店に帰らないことが多い。送り迎えの車で、客の家から家をたらい回しになるからだ。そのために車には無線機が積まれている。

宅配の出張売春が不景気になったため、マッサージ業界に多くの娘が流れこんでいた。

由紀はそれを当然だと説明した。

「マッサージも宅配も、お店からは一銭ももらえない。お客さんにつけなけりゃお金にならないのよ。だから暇《ひま》な店にいたのじゃどうにもならないわ。宅配は今、落ち目だし。それと、ペイバックのちがいもある。宅配は、本番で一時間二万五千円、そのうち店の取りが一万よ。マッサージは、一万六千円だけど、取りが五千円から六千円だから、手どりにしたら五千円くらいしかちがわないのに、本番をやらなくていい。

もし本番をやる場合はお客さんとの交渉だけど、最低でも一万円アップでしょう。そうすると女の子には、二万円入ることになって、宅配より手取りがよくなるもの」

ただし、オイル・パウダーマッサージそのものの きちんとした技術を要求する客も多いので、結局、金だけではつづかない宅配出身の子もかなり多い、とつけ加えた。

「フロッピー自体はなくなってもすぐには困らない。ちゃんと別に手書きでつけた台帳を、あたしがうちにもってるから。でも、お客さんのプライバシーでしょ。強請《ゆす》りの材料にされたら大変だもの」

「警察は無理か」

「ちょっとしんどいわね。表向きうちは法律上、何の問題もないけど、やっぱり本番やってる子とかいるし。警察が入ったら、その子たちが離れるわ」

「今、何人抱えているんだ？」

「出入りがあるけど、うちは十人くらい。ひとり平均、五本くらいはつくわ。ひと晩に」

ざっと勘定した。店のアガリがひと晩に二十五万ということになる。

「儲かる商売だな」

「よしてよ。そこから、ドライバーに日給で、ひとり一万八千円、電話番の本田くんに一万五千円、ビラ配りが一日、五万はかかるわ。あと無線機のローンがあるのよ。親機一台、子機三台で三百万するの。電波使用料も払うし、店の家賃、電話代、光熱費、女の子たちのお茶代も馬鹿にならない」

「ビラ配りの五万というのは大きいな」

「この業界ではね、千枚まいて、戻りが一件、といわれてるの。だから毎日どこかでビラをまきつづけてるわ。ふつうは業者に、一枚三円から三円五十銭で頼んで、一日一万五千枚から二万枚まかせるの。あたしは中国人のグループにコネがあるから、交通費をこっちでもつかわりに、一枚二円五十銭でやらせてる」

「フロッピーを盗んだのは、自分で新しく店をやるためじゃないのか」

「それはないと思う。だってうちの客ばかりに、電話でDMかけたらすぐにばれるでしょう。もし新しい店ができたら、狭い業界だから、すぐにわかるし」

「狭いのか」

「狭いわよ。女の子だけならともかく、無線やビラ印刷の業者、ドライバーなんかは、だいたい互いに知ってるもの」

「そうなると――」

「嫌なことしか思いつかないでしょう。森尾さんはひとり者だし、仕事もまあ、堅いサラリーマンじゃないみたいだからいいけどさ。やっぱり、大事なお客さんに迷惑かけたくなくって。何とか取り返したいんだよね」

「ケツモチを動かしたらどうだ？」

「やると話がでかくなるし、へたするとすごくお金がかかるもの」

「ジョーカーっていう人は安くやってくれるのか」

私は仕方なくいった。由紀がどこで私の噂《うわさ》を聞いたかは知らないが、料金までは聞かなかったようだ。

「わからない。でもヤクザ者とこじれたときほどはお金かからないでしょう。あいつら、金ですまさないと借りになるし、そうなるともっと高くつく」

「なるほどな」

「ジョーカーのことは、前にいたホテトルのオーナーから聞いてたのよ。やっぱり安くはないらしいけど、すごく腕のいいプロだって」

私はちらりとカウンターを見やった。沢井が目をらんらんと輝かせて私を見つめていた。私はため息をついた。

「今、いくらもってる？」

「え？」

「いくらもってきたんだ？」

「五十万、くらい……」

「着手金は百万だが、まけとくよ」

「え、何？　何、それ」

沢井が仏頂面《ぶっちょうづら》になった。奴のみいりも半分になる。

「君の目の前にいるのがそうさ。ジョーカーだ」

由紀の目が丸くなった。

2

由紀がだした五十万を沢井に預け、私たちは店をでた。由紀はまだ疑っていた。

「マジ？　本当に森尾さんがジョーカーなの」

「そうだ。今日から休みにするつもりでそれを伝えにあそこにいったんだ。君でなければ知らん顔をしたろう」

私は由紀を、店の横の路地にとめておいた車に乗りこませながらいった。四日以内に片づけられそうな仕事だと踏んでいた。さもないと十万が無駄になる。だから今夜から動くつもりだ。

「びっくりしたわ」

アパートを移ることも場合によっては考えなくてはならない。いきつけのバーで渾名でしか存在を知られていないことと、その渾名の本人が住んでいる場所を知られていることは、かなりちがう。私の仕事のやり方がまともでないことはすでに述べた通りだ。結果、まともでないやり方をされた、まともでない人間の何人かは、私が二度と口をきけなくなることを望んでいる。

「どこへいくの？」

「まず君の店だ。そこで君を降ろす。それから、舞子という娘と小田切の自宅を教えてもらう」

「あたしもいくわ。両方ともきのうひとりでいったから場所を知ってる」

私は首をふった。

「いくのは俺ひとりだ。きのう、どちらかに会ったのか」

「ううん。どっちもドアに鍵かかってて、電話してもドア叩いても、でなかった」

ではなおさら、私ひとりでいかなくてはならない。

「城西マッサージ」は五反田《ごたんだ》にある、と前に聞かされていた。私はそちらに向け、車を走らせた。

「店の中も見せてもらおう」

「いいけど、何だか森尾さんに見せるのって恥ずかしいわ」

由紀は照れたように笑った。

「頼みがある」

「何？」

「前に俺についたことのある女の子が店にいれば別だが、そうでない子たちには、俺が客の森尾であることは黙っていてくれ」

「わかった」

電話番の本田は、私の声を知っていても、顔は知らない。由紀は真顔になって頷いた。この商売を長くやっているからには、口の固い面もなくてはならない。

「城西マッサージ」は、五反田駅にわりに近い、山手線沿いに建つマンションの三階にあった。

中は典型的な二ＤＫで、ふたつの部屋、六畳と四畳半の仕切りがとりはらってある。そこに安物のカーペットがしかれ、お茶をひいているらしい数人の女の子が思い思いのかっこうでいた。

皆、私の知らない顔だった。寝そべってマンガを読んだり、テレビに見入ったりしている。六畳間の隅に小さなテーブルがおかれ、ポットとインスタントコーヒーの壜《びん》、カップに、スナック菓子の袋がのっていた。

スライドカーテンで仕切られたダイニングに大きめのデスクと椅子がおかれていた。デスクの上は五台の電話機とハンディタイプの無線機、そしてパーソナルコンピュータでいっぱいだった。かたわらには何冊もの東京都区別住宅地図が積まれている。キッチンの隅に梱包《こんぽう》され紐《ひも》をかけられた束があった。ビラだった。

私たちが入っていくと、デスクにかけた若い男が一台の電話の受話器をおろし、無線機を手にとるところだった。

「二号車、酒井さんを拾ったら、新宿向かって下さい。新宿は、百人町《ひゃくにんちょう》二丁目×－×、『メゾン百人町』二〇六、イトウさんです」

「了解。『メゾン百人町』二〇六」

無線機から応答が流れた。

「はい。それから高田馬場《たかだのばば》回り、『高田馬場コーポ』で矢吹さん回収願います」

無線では、女の子を名前ではなく、姓で呼んでいる。

「了解」

電話が鳴る。

「はい、『城西マッサージ』です」

広げたノートの上のボールペンをひきよせながら若い男が返事をした。

「電話は全部、客からか」

私はそれを見ながら訊ねた。

「ううん。こっち三台が、ビラの番号で入ってくる客専用の代表電話。あと一台が、あがりのときに女の子がお店にかけるための電話。ほら、終わると迎えがきてるかどうか、チェックいれるじゃない」

「残りの一本は？」

「完全に私用よ。ビラ配りの連中との打ち合わせに使ったりするの」

「――三十分ほどでうかがいます。お待ち下さい」

いって若い男が受話器をおろし、私たちを見た。

「お帰りなさい」

「ご苦労さま。この人に例の件、頼んだの」

「あ、お疲れさまです」

男は腰を浮かせ、ぺこりと頭を下げた。度の強い眼鏡をかけ、クルーネックのセーターにジーンズをはいている。マッサージ屋の社長というよりは、塾の先生といった印象だ。電話の声が低く渋みがあっただけに、私には意外だった。

　私は無言で頷いた。

「待ってて。舞子の念書があるから」

　由紀はいって、流し台の端におかれたプラスティックのキャビネットに歩みよった。それを開き、一枚の紙をさしだした。

　手書きで、

「わたしは、『城西マッサージ』のお客さまとは、本番行為をいっさいおこないません」

　と書かれ、住所氏名があり、拇印《ぼいん》がおされている。

「これが入ったときのため」

　由紀は指で丸を作り、額にもっていった。警察のガサ入れをくったときに、管理売春をおこなっていなかったという証拠にするのだろう。

　住所は渋谷区恵比寿《えびす》のマンション、名は片貝《かたがい》いつ美、となっていた。

「これをもっていかなかったとすると、本名じゃないかもしれんな」

「本名よ、免許証で確認したから」

「免許証の写しはとっていないのか」

「ビデオ屋じゃないからそこまではしないわよ」

「写真は？」

由紀は首をふった。

「小田切の方はどうなんだ？」

「写真も住所もある」

いって、由紀はバッグからとりだした。由紀を含む三人の女と男ふたりで、どこかの海水浴場で撮ったものだ。

「右端で、ネックレスしてる」

三十くらいで、陽に焼け、なかなかいい体つきをした男だった。特に崩れている印象はない。

「前の店のドライバーやってたときからのつきあいで、けっこう信じてたのにさ」

いって、由紀は唇を噛んだ。あるいは少し惚れていたのかもしれない。

「年は同じくらいか」

「あたしのいっこ上よ」

「運転手になる前は何をしてた？」

「どっかの運送会社でバイトしてたっていってたわ。高校のときちょっと悪くて、中退したらしいの。でも今はマジメだった。酒も飲まないし」

「そういえば、この男が使っていた無線機はどうした？」

「ここにおいていったわ。やめる気だったみたい、本気で」

「店で舞子と仲のよかった子はいるか」

「特にってのはいないけど、わりに話してたのは幸《さち》ちゃんかな」

私は電話番の本田を見た。

「今どこにいる？」

「経堂《きょうどう》のお客さんとこです。そのあとも予約入ってますから……」

「人気がある子なの」

由紀がいった。

「わかった。戻ってくるのはいつだ」

「たぶんラストまで出ずっぱりじゃないでしょうか」

「電話を入れるから、帰す前に話をさせてくれ」

「わかりました」

私は由紀を見た。

「もしふたりが売りたいといってきたらどうする？」

「フロッピーを？」

「そうだ」

由紀は一瞬考えた。

「嫌よ。盗んだものをお金で取り返すなんて理屈にあわないもの。それくらいだったらお金払って、盗みかえしてもらう」

私は頷いた。由紀が訊ねた。

「やれそう？」

「仕事だからな」

由紀はにっと笑った。

「うまく取り戻してくれたら、今度うんと肩もんであげる」

そして、しまったというように口をおおった。


「城西マッサージ」をでた私は、まず恵比寿にある舞子のマンションに向かった。マンションといっても、そこは古川沿いに建つ、エレベータもないかなり古いアパートだった。

もし舞子が宅配からきたとするなら、そぐわない住居だ。宅配は景気が悪いとはいえ、日に三人の客につけば、四万五千円の稼ぎになる。月に十日でも四十五万だ。それに比べ、この古川沿いの建物では、部屋の広さにもよるが、せいぜい月十万かそこいらだろう。

大きな借金でもない限り、あと三万〜四万ていどの家賃を払って、もっとこぎれいなマンションに住むのは難しくなかった筈だ。

私は階段で三階まで登った。時刻は午前一時過ぎで、ひとつの階に四部屋ある廊下は、ひっそりとしている。

合板で作られたドアの前に立った。中の明りは消えている。電気のメーターを見た。回転計は動いていない。冷蔵庫もないということか。

他愛のないシリンダー錠で、十秒もかからずに開くことができた。私は手袋をはめ、中に入ってドアを閉めた。

古川に面した窓から、街灯の光がさしこんでいる。

何もない。カーテンすら窓にはなく、畳じきの一DKは、引っ越しのあとのようにもぬけの殻だった。

車からもちだした懐中電灯で中を調べて回った。風呂はついていない。これなら家賃はもっと安いだろう。私物といえるものは、何ひとつ残されていなかった。ただひとつ、畳の上にポツンと電話機がおかれていた。かがんで受話器を耳にあてた。ツーという音が流れてくる。まだ生きていた。

部屋をでた。

通りに止めておいた車に乗りこんだ。小田切の住居は、新宿の曙橋《あけぼのばし》だった。とりあえずそこにいってみる他ない。

曙橋にある小田切の住居は、比較的新しい、賃貸専門のワンルームマンションだった。スポーツ新聞が二日ぶんほど郵便受けにたまっている。インターホンを押しても、誰も答えない。ロックを解き、中に入った。

人の住んでいる部屋だった。乱雑に散らかっている。折り畳み式のソファベッドに洋服が脱ぎ散らかされ、キッチンに吸い殻をおしこんだカップ麺《めん》の容器が積まれていた。

ざっと部屋を見渡した。

私が探したのは、パーソナルコンピュータだった。ふたりが「城西マッサージ」からもち逃げしたのは、顧客管理簿のフロッピーだ。そのままそっくり「城西マッサージ」に買い戻させるのでないなら、読みとりのためのコンピュータが必要になる。

だが、舞子と小田切の目的が金であるとは、考えにくかった。もし「城西マッサージ」から金をとる気なら、店側の売り上げを夜間金庫に預けていったというのは筋が通らない。「城西マッサージ」――由紀に対する、何らかの恨みなのか。しかし由紀は、少なくともここに住む小田切との関係が悪かったとはいっていない。

部屋の中にフロッピーは見あたらなかった。もちろん巧妙に隠してあれば別だが、それほど警戒するならもち歩いているだろう。ポケットにおさまるサイズで、かさばる品ではない。

ここで待つのが得策だ、と私は判断した。小田切が今夜帰ってくるという確証はなかったが、幸という「城西マッサージ」で舞子と親しかった娘が戻るまで、私にはいくあてがない。

午前四時を十五分ほど回ったとき、玄関の扉に鍵をさしこむ音がして、私は散らかされた洋服を払い落とし寝そべっていたベッドから起きあがった。

扉を開けた小田切は、明りがついていることに面くらったように目をしばたいた。連れはおらずひとりで、革のボンバージャケットにジーンズをはいている。

私に気づき、三和土《たたき》のところで立ちすくんだ。

「入れよ。勝手に待たせてもらったが、別にあんたを困らせる気はない」

「な、何だよ、お前」

警戒と怯えの混じった表情で私を見つめた。

「勝手に人の部屋、入んなよ。警察呼ぶぞ」

「かまわんが、あんたも困るのじゃないか」

「ふざけんじゃねえよ。でてけよ」

「話をしてからにしよう。フロッピーをとり戻してくれと頼まれたんだ」

小田切の顔色が白くなった。

「ゆ、由紀さんか」

「そういうことだ。彼女もいろいろ困っているらしい。助けてやろうとは思わないか」

「悪いと思ってるよ」

いいながら、小田切はうしろ手に扉を閉めた。私の顔を見あげ、

「あんた、俺にヤキいれにきたのか」

と訊ねた。

「別に俺は、『城西』のケツモチじゃない。だから例のものさえとりかえせれば、こ

とを荒だてる気はないんだ」

私は早速、由紀から習った言葉を使った。

小田切は部屋にあがってくると、がっくりと腰をおとした。床を見つめていた。

「由紀さん、怒ってんだろうな。俺、あの人に義理こそあれ、恨みねえもんな」

「舞子に頼まれたのか」

「ていうかさ。ひっかかっちまったんだ」

「ひっかかった？」

「アプローチされて、ノリの軽そうな子だったから、ついついのっちゃって。そしたら、兄貴ってのがでてきた」

美人局《つつもたせ》というわけだ。

「金か」

「いや。金はいらねえって。兄貴ってのが、右翼みてえなところの幹部でさ。うちの店に天誅《てんちゅう》を下してやるとかいって、おどかされたんだ」

「それでフロッピーか」

「ああ。もっていったら勘弁してくれるっていうから――」

「兄貴の名前と、その右翼団体の名は？」

「片貝保。保険の保と書いて、やすしっていうんだ。名刺よこしたけど捨てちまった。団体は、『日本愛輝会』。本部は西新宿だけど、渋谷支部長だって」

聞いたことのない組織だった。

「わかった。最後に会ったのはいつだ？」

「あの日さ。店終わって、銀行に金おきにいったらそこで待ってた。渡してそれきりだよ。ヤバいから友だちん家《ち》泊まってたんだ」

「今の話が嘘じゃないのなら、由紀さんにあやまるんだな」

私はいって立ちあがった。小田切は傷ついた子供のような目で私を見た。

「許してくれっかな」

「それは彼女に聞かなけりゃわからんさ。もし嘘なら、俺が許さない。わかるな？」

私は静かにいって、彼を見おろした。彼はあわてて首をふった。

「本当に本当だって」

「よかった。嘘をつかれると、頭にくるたちなんでな」

私は頷き、小田切の部屋をでた。

「城西マッサージ」に向かい、ちょうど仕事から戻ったばかりの由紀に話した。聞いた由紀は、ひと言、

「馬鹿な奴」

と吐きだした。だが小田切が望んで自分を裏切ったわけではないことに、ほっとしているようすだった。

幸はまだ帰ってこなかった。待っているあいだ、由紀が訊ねた。

「森尾さん、おどかしたの？　あの子」

「いや。自分からすすんで喋った。俺は人をおどすようなことはしない」

「ねえ、何で『ジョーカー』っていうの？」

「七並べを知ってるか、トランプの」

「あたり前じゃない」

「それのジョーカーだ。つながらない数と数のあいだを埋めるのに使う。使ったあとは用がない。そこに捨てておかれるか、別の人間が使う」

「なるほどね」

由紀は頷き、それ以上は訊かなかった。

「『日本愛輝会』という右翼団体に聞き覚えはないのか」

「ないわ。そういうところは、ブラックだから、もし女の子がいってたらチェックする」

右翼と、オイル・パウダーマッサージの顧客リストは、確かにつながらない。

午前六時を三十分ほど回って、幸が帰ってきた。二十四、五の、髪が長くすらりとした娘だった。

「舞ちゃんとは、別にそんな仲いいってわけじゃなかったよ。たまたま帰る方角がいっしょだったから……」

「恵比寿のアパートか」

「うん。でもあんまりあそこにいなかったみたい」

「兄さんの話を聞いたことはないか」

「兄さん？　そういや、前に一回、聞いたかな」

「カタギとかそうじゃないとかは？」

「なんかすごく堅い仕事だって。何かはいわなかったけど」

「つきあってる男についてはどうだ」

「空き家だっていってたよ。前いた宅配の店でつきあってた子がいたけど、チーマーか何かで、クスリでパクられたんで別れたって」

「その宅配の店の名前は？」

「『ヘプバーン』てとこ」

「三つくらい名前あるとこだよ。『ミルクキャット』と『ムーンライト』てのも同じ」

聞いていた由紀がいった。

「どこにある？」

「渋谷のホテル街んとこ。あたしも前、ちょっといたことあったけど、舞ちゃんとは重なんなかった――そういえば」

幸がくりくりっと目を動かした。

「由紀さんさ、前ここに、かなえさんて子いたじゃない」

「ああ、三ヵ月くらいいてやめちゃった子ね」

「そうそう。一度さ、かなえさんと舞ちゃんと三人でお茶ひいて、お客さんの話してたことがあるの。そしたらかなえさんが何か、刺青《いれずみ》のあるお客さんの話をして、舞ちゃんがすごく興味もってさ。どこのお客さんだったか、しつこく訊いてた。かなえさん、よく覚えてなくて困ってた」

「刺青？　どんな刺青だい」

「何か蛇よ。何だっけ……コブラだ！　コブラの刺青を足にしてるとかいうお客さん」

私は由紀を見た。由紀は首をふった。

「知らない。あたしついたことない」

「その後、そのお客さんの話を誰かから聞かなかったかい」

「ううん。でも、しばらく舞ちゃん、他の女の子にも訊いてたみたい」

「あたしは聞かれなかったな」

由紀がつぶやくと、幸はいった。

「だって由紀さん、指名のお客さんばっかりで、フリーはめったにつかないでしょ」

「舞子の連絡先とかは、じゃあ聞いていないんだね」

「まるで。だって電話番号もお互い知らなかったもの」

いって幸は眠そうにアクビをした。

「わかった。いろいろありがとう」

幸を帰し、私も帰ることにした。

「森尾さん、どうすんの？」

由紀が訊ねた。

「とりあえず寝るさ。明るくならなけりゃ、次の手が打てないからな」

私は答え、「城西マッサージ」の入っているマンションをでていった。すでに空は明るくなっていて、山手線の走る音が妙に耳に痛かった。

3

午後遅くなって起きだした私は、電話を一本かけ、日比谷《ひびや》公園である男と待ちあわせた。警視庁に勤めているが警察官ではなく、職員で、コンピュータの端末を叩いて小遣い稼ぎをしている。機密扱いの情報まではいきつけないものの、登録されている右翼団体の人員構成くらいは簡単に手に入れられる。

十万とひきかえに「日本愛輝会」の情報を受けとった。

「日本愛輝会」は奇妙な団体だった。政治結社としての登録は八年前だが、前身となる組織に既存の右翼団体や暴力団が入っていない。通常、こうした団体と、他の右翼グループややくざは密接につながっている。ひとりの思想家の影響を受けて結成された団体は、名前はちがっていても〝系列〟になったり、盟友《めいゆう》関係を結ぶからだ。

私の疑問を男が裏づけた。他にも「日本愛輝会」に関する情報があるようなのだが、極秘扱いになっていて、だせない、というのだ。

代表者名は「倉伴秀党《くらともひで》首」となっているが、この人物に関しても登録がない、という。それも最初からないのではなく、抹消《まつしよう》された痕跡《こんせき》があるのだ。私からの小遣いを、自宅にそろえたコンピュータユニットに注ぎこんでいる男は、コンピュータの記載情報に関しては鋭い目をもっている。

「日本愛輝会」の本部は西新宿で、他にも渋谷と本郷《ほんごう》の支部が登録されていた。

私は渋谷支部のある道玄坂《どうげんざか》の雑居ビルに車で向かった。ビルは東急百貨店本店の裏手にあった。車を駐車場に入れ、徒歩でビルの近くまで歩いたところで、黒塗りの車に乗りこんでいる二人の男たちに気づいた。

車は、ビルとビルの間の細い路地にとめられ、雑居ビルを出入りする人間の姿をすべて視野におさめられる位置にあった。

私は「日本愛輝会」の支部が入ったビルを通りすぎ、別のビルに入った。男たちが何者であるか、車のドアをノックして訊くまでもなかった。


試しに、西新宿と本郷の、本部、支部にも車を向けてみた。結果は同じだった。「日本愛輝会」の事務所には、すべて刑事がはりついている。

バーにいった。ふた晩つづけて早くに私が現われたことは、沢井を驚かせた。

「もう片づいちゃったんですか」

「まだだ。ちょっとあって、対象に近づけなくなった」

私は答え、カウンターに腰をおろした。先客は、筒野ひとりだった。不景気になると、筒野の仕事は暇になるようだ。得意としている、禁輸品の熱帯魚や植物をほしがる客が少なくなるのだろう。

「旅にはでられそうかね」

筒野が私の方を向いて訊ねた。喪服《もふく》と覚しい黒のスーツ姿だった。

「微妙になりましたね。かといって、来月にもちこしたとしても、新しい番号はわからないし」

筒野はおだやかに微笑し、手にしたグラスをふった。クラッシュアイスがかしゃかしゃと音をたてた。

「もしその気ならばお教えする。もちろん料金はいただくが」

沢井が口を開け、声をたてずに笑ってみせた。五十万を根にもっている。

「考えますよ。身内の方にご不幸でも？」

「商売仲間でね。それほどきれいな仕事をしていた男ではないが、個人的には悪い人物ではなかった。死に方は、まあ死に方として」

「ひき逃げだそうです」

沢井が喋った。

「そいつは不幸だ。犯人はつかまったんですか」

「いいや。おそらくつかまらんだろうな。まあ、事故ではないだろうから」

淡々といった。

「筒野さんの仕事がそれほど危険とは知りませんでしたよ」

「私と彼は仕事の中味がちがっていた。彼は、ものは扱わないんだ。いや、扱わなかった、だな。人間専門でね」

「なるほど。人間がいちばん物騒な荷物だ」

「身よりがなかったのが幸いだ。日本人として死んだので、葬式もこうしてだせた」

「誰が葬式を」

「彼の部下だ。名前を継いで商売をつづけるつもりだろう」

沢井が私を横目で見た。

「もし死んだらあたしが継ぎましょうか」

「今すぐ継いでくれてもかまわんぜ。名跡料《めいせきりょう》はちょうだいするが」

沢井は唇《くちびる》を尖らせた。

「高そうだ。やめときます」

「ちなみに何という名です？」

私は筒野に訊ねた。特に知りたいと思ったわけではなかった。ただ聞いたことがあるかもしれない、と考えただけだ。

筒野は私を見やり、一瞬、迷った。私が商売敵に仕事を紹介する可能性を考えたのかもしれない。

「コブラ、という」

「いい名前だな」

沢井が感心した。私はジントニックのグラスをあらためて見つめた。妙にやるせないような、くたびれた気分になった。

「コブラの刺青をしていたのですか」

「そうだ。聞いたことがあるのかね」

筒野がいった。

「いや。もう少しその人物のことを聞かせてもらえませんか。どうやら今月中にジャカルタにはいけそうもない」

私は筒野を見た。

「――つまり、あの金をそれでちゃらにしたいということかね」

筒野は怒ったようすもなく訊ねた。

「せこい、というならあやまります」

「いいさ。どうせ私が知っていることは、これ以上はたいしてない」

筒野は鷹揚《おうよう》に頷いた。

「刺青をしていたのは左の太腿《ふともも》だ。もうだいぶ昔にいれたものらしい。年は六十近かった。一九七〇年までサイゴンにいた。本人は台湾人か日本人のふりをすることが多かったが、私はベトナム系中国人ではないかと思っている」

「なぜそう思うのです？」

「彼の部下たちだ。彼が密入国させ、戸籍を与えた者がいる。それが仕事だとも聞いた」

「どこにいけば会えます？」

「部下に？」

「ええ」

筒野は細巻の葉巻をぬき、火をつけた。

「彼らはだいぶ緊張している。君が訪ねていくと、その緊張をより高めるかもしれない」

「友好的にやりますよ」

「私をガイドにつければ、円滑にいく。私のことは彼らも知っている。私は君の仕事に口をださない」

私は沢井を見た。うってかわって渋い顔をしていた。

「きのうと同額でけっこうだ」

沢井はため息をつき、店のキャッシャーから十万をとりだした。

「場所はどこです？」

数え終わった金を財布にしまった筒野は立ちあがった。

「新宿御苑《ぎょえん》の近くだ。私の車でいくかね」

「あとをついていきます」

筒野の車というのは、表通りに始終とめられている、黒のフェラーリだった。以前見かけて、沢井と持ち主をめぐって推理を働かせたことがある。外苑東《がいえんひがし》通りを大胆にUターンしたフェラーリのあとを、私は追った。

フェラーリが止まったのは、新宿通りを新宿二丁目で右折したところにあるエスニック料理店の前だった。アルファベットの筆記体のネオン看板がガラス窓にはりついている。その内側には、ワインのボトルが天井近くまで積みあげられていた。

フェラーリの少し前に車をとめ、降りたった私に筒野はいった。

「クンという男だ。日本語が理解できるが、たぶん君の前では話さんだろう」

「この店の名は何というんです」

筒野がつぶやいた。フランス語のように聞こえた。

「サイゴン最後の夜、という意味だよ」

扉を押し開くと、魚醤《ニヨクマム》の強い、独特の香りがぷんと鼻にさしこんだ。店の中は暗く、チェックのクロスをかけられたテーブルがごちゃごちゃと並んでいる。白い上っぱりを着けたボーイが奥のひと隅でひとかたまりになって目を光らせていた。

「イラッシャイマセ」

その中のひとりがいった。筒野はまっすぐにそのグループに歩みよると、フランス語で話しかけた。頷いた男が、スイングドアの向こうにある厨房《ちゆうぼう》に消え、私たちはテーブルに案内されることもなく待った。

やがて戻ってきたボーイが、「オフィス」とプレートの掲げられた部屋に案内した。喪服を着けた、四十代の目の鋭い男が私たちを迎えいれた。目の下にどす黒い隈《くま》があり、内臓を病んでいるのではないかと思わせる。

「クン、です」

男は立ちあがり、たどたどしく聞こえる日本語で挨拶《あいさつ》した。筒野がフランス語で喋ると、私を見つめたまま、一、二度頷いた。彼が私を何と紹介したかはわからなかった。

私たちは安物の応接セットに向かいあってすわった。

「どうぞ、質問をしなさい」

筒野がいった。私は単刀直入にいくことにした。

「コブラの住居はどこでした？」

「それは私が知っている。四谷《よつや》三丁目のマンションだ」

クンはいっさい表情をかえなかった。

「では、コブラの死を事故だと思うかどうか、と」

筒野が通訳するのを待ち、クンは肩をすくめ、喋った。

「事故だか殺人だかは警察が決めるだろう、といっている。コブラをはねた人物は動転してその場を逃げ去ったのかもしれない、とな」

「誰かに恨みを買っていたと思うか、と」

筒野がややあきれたように私を見、訊ねた。クンは長く話した。

「いい人だったといっている。そんなことは思わない、ともな」

「片貝という名に聞き覚えはないか、訊いて下さい。片貝保、あるいはいつ美に」

クンは首をふった。

「『日本愛輝会』というグループは？　右翼です」

筒野が通訳する前に、クンの目が凍るように冷たくなった。短く答えた。

「知らないそうだ」

「けっこうです。礼をいって下さい。帰ります」

私はいって立ちあがった。クンは私を見つめていた。

「もういいのかね」

「ええ。充分です」

筒野が通訳した。クンが頷いた。私は一礼し、ドアに向きをかえた。

私が先に部屋をでた。筒野が部屋をでようとすると、クンが何ごとかをいった。筒野が立ち止まり、驚いたように訊きかえした。

クンは同じ言葉をくりかえした。

店の外にでると、筒野が息を吐いた。葉巻をくわえる。

「クンは最後に何といったんです」

葉巻に火をつけ、火先を点検しながら筒野は考えていた。

「――コブラは警官に殺された、といったんだ」

「警官に？」

「そうだ。クンははっきりいった。コブラを殺したのは、日本の警察だ、と」

　コブラの住んでいたマンションの場所を聞き、私は筒野と別れた。マンションは、外苑東通りを一本入ったところにある、古いが立派な建物だった。コブラはここを、十四年前に建てられてすぐ購入したのだ、と筒野はいった。

　私はエレベータで十階までのぼり、教えられた部屋の前に立った。インターホンを押した。応える者はなかった。手袋をはめ、ノブを回した。驚いたことに鍵がかかっていなかった。

　扉を開いた。カーテンの閉まった暗い室内が見えた。ドアを閉めると靴を脱いだ。カーテンの見える部屋の手前にもうひとつ部屋があり、彼らはそこで待ちかまえていた。

　私は不意に腕をつかまれ、その部屋にひきずりこまれた。

「声をだすな。訊かれたことだけに答えろ」

　両腕を背中で羽交《はが》いじめにされ、もうひとりの男が強い懐中電灯の光を私の顔に浴びせた。

「名前は？」

「ガラガラ蛇」

裏拳を頬《ほお》に見まわれ、私は血を味わった。すばやく前にいた男が私の懐ろを探った。何もない。名前のわかるものはすべて車においてある。

「もう一度訊く、名前は何だ？」

私は小声でつぶやいた。

「何だと？」

男が顔を傾け近づけた。頭突きをくらわせた。私の前頭部が、目のふちの肉の薄い場所に命中し、男は悲鳴をあげた。

「こいつっ」

うしろの男の腕をふりほどこうとしたがうまくいかなかった。かがみこんだ前の男の顔面を膝《ひざ》で蹴った。懐中電灯が床に落ちた。

がそこまでで、背後の男に関節をきめられ、私は動けなくなった。前の男は苦痛に喉《のど》をぜいぜいいわせながら立ちあがった。

「この野郎……ぶっ殺してやる」

「よせ。ここじゃマズい」

「大丈夫だ、ベランダから落としゃわかりゃしない。身分証ももってない野郎だ。四谷署にはすぐ話がつく」

いって、私の腹を殴りつけた。重いパンチだった。私は体を折りそうになったが、きめられた関節がそうさせなかった。

私は部屋をひきずりだされると、カーテンのある中央の部屋に連れていかれた。

「くそ。血がでてきやがった」

男のひとりが暗い中で白いハンカチを顔にあてていた。

「こぼすなよ」

私の背後にいる男がいった。私はブラフをかけた。

「片貝保はどっちだ」

ふたりの動きが凍りついた。

「お前、いったい何なんだ」

背後の男がいった。

「あんたが片貝保か」

「だったらどうなんだ？」

「できの悪い妹と組んでかっぱらった品物があるだろう」

「殺そうぜ、早く」

ハンカチの男がいった。

「待て。背後関係を訊いてからだ」

「警視庁はもう、あんたたちの仕事に見当をつけて動いてるぞ」

次のブラフだった。だがこれはみごとに外れた。

「何をいってやがるんだ、こいつは。馬鹿じゃないのか」

「地検の犬じゃないようだな」

ほっとしたように片貝もいった。それでわかった。張りこんでいた刑事たちの目的は、逮捕ではなく、他の組織への牽制《けんせい》だったのだ。

「そうか。本当に警察とぐるなんだな」

「何もわかっちゃいないぞ」

嘲《あざ》けるようにハンカチがいった。

「わかっているさ。あんたたちはここに住んでいた男が気にくわなかった。理由はたぶん、彼が難民をかくまい、ひそかに戸籍や仕事を与えていたからだ。おそらく、本国とかなり大がかりな密入国組織を作っていたんだろう。どうしてだか知らないが警察はそれを摘発《てきはつ》せず、かわりにあんたたちが動いた。ここに住んでいた男は本名を捨て、身を隠していた。だが足にコブラの刺青があることだけが身体的特徴としてわかっていた。あんたの妹はひょっとしたらそれほどできが悪くないのかもしれん。商売を使って、あんたに協力していたのだからな。もしかすると警察をやめる羽目になったのも、できのよすぎる妹のせいか」

　ハンカチの男が私の下腹部を蹴りあげた。私は吐きそうになった。

「俺たち兄妹はな、互いのやることには干渉しないんだ。だが一度だけ、いつ美がパクられそうになったんで、手を回してやったことがある。それを恩に着たのさ」

　片貝はいった。

「ずっと……コブラを、追って、いた、のか」

「二年ほどな。一度、本庁の保安が奴を嚙みそうになったんだが、外事の上がびびってやめさせた。奴は政治亡命のパイプをアメリカとつないでいた。外事はワシントンのお偉方の顔色をうかがったのさ。奴はそれを知って潜った。だが商売はやめなかった。次から次にビザもねえ奴らをこの国に上陸させやがった」

「あんたたちは、愛国者ってわけだ。愛国心が強すぎて警察にいられなくなったのか」

「ご名答だ。俺たちはな、そこいらの丸Bとはちがうんだよ。この国の未来のために、影の警察として身を挺《てい》しているんだ」

「そいつは奇特なことだ」

「わかったら、地面で頭カチ割る前に、全部喋ってもらおうか。どこで俺の名前を知った？」

「二代目コブラだ。恩人の死を贖《あがな》おうってんで、奴はナイフを研《と》いでるぞ」

「お前はいったいどういう関わりなんだ」

「あんたが美人局で巻きあげ、ここの住所をつきとめるのに使った代物をとり返すように頼まれたのさ」

「返してやるさ、もう用はない」

不意に腕が自由になり、後頭部に固いものを押しつけられた。撃鉄を起こす、ガチリという音は、頭蓋骨《ずがいこつ》に直接響いた。

私は胸ポケットに何か四角いものが押しこめられるのを感じた。

「じゃあまっすぐ、窓に向かって歩け」

「これをもったまま死んでもいいのかい」

「いったろう、警察は、『愛輝会』がかんでることがわかれば金縛りだ。せいぜい保、安が、お前を雇ったマッサージ屋を潰しにいくだけだ。カーテンを開けろ。声をだしたら、この場で頭をぶち抜くぞ」

私はカーテンを開いた。目が暗闇に慣れてきて、ハンカチの男が少し離れたソファに腰かけている姿を、鏡になった窓で認めた。

私の背後に立っているのは、髪の短い、がっしりとした男だった。ひと昔前のアイビーファッションが似合いそうな、ショートリーゼントにしている。

「サッシの錠を外せ」

「本気か。俺は難民とは何の関係もないぞ」

「害虫だ、どのみち」

片貝は吐きだすようにいった。

玄関のドアが開かれ、細い光線がさしこむのを、私だけが気づいた。

私はサッシの錠を外した。

「開けろ」

窓枠に手をかけたとき、部屋の明りが点《とも》った。玄関にあるスイッチを、入ってきた人物が押したのだ。

呆然とした片貝と相棒がふりかえった。私はそのスキを逃さず動いた。

拳銃をもった片貝の右手を左手ではねあげ、肘《ひじ》打ちを顎《あご》に叩きこんだ。ふらついた片貝の手から拳銃をとりあげるべく、ひきよせた。片貝があらがい、銃口を私に向けた。瞬間的に私は銃身を払った。暴発し、銃弾が片貝の右耳の上に命中した。

三十八口径の短銃身リボルバーだった。狭い室内での銃声はすさまじく、こちらの耳も一瞬、聞こえなくなった。

ハンカチの男が立ちあがり、くるりと身をひるがえした。とたんに背後までやってきていたクンのナイフが鳩尾《みぞおち》につき刺さり、ひゅっと喉を鳴らした。

たちまち死人の部屋に、新たに二人の死人が加わった。

私は片貝を見おろした。弾丸は左の顎の骨を貫いて、床に刺さっていた。カーテンを閉めた。

「タイミングはそれほど誤らなかったようだな」

クンのうしろから入ってきた筒野がいった。

「もう少し早くても苦情はでなかった」

私は息を整え、いった。クンは無表情な目で私を見つめた。

「こいつらが入ったこと、聞いていた。きっとここにくる、思っていたから。仲間の隠れ場所、密告《さ》すために」

日本語でいった。

「見張らせていたのか」

頷いた。私は筒野に目を移した。

「で、あんたは？」

「今回の十万円は少し高かった。アフターサービスだ」

筒野はおだやかにいった。

「ではそれに感謝して、早くここをでよう」

クンは動かなかった。

「もうすぐ、仲間くる。そしたら、こいつら捨てにいく」

「隣の人間が一一〇番するかもしれない、銃声で」

「大丈夫。この階、誰も一一〇番しない」

私はあっけにとられた。

「この階？」

クンはゆっくり瞬きした。

「この階、全部、コブラのもの」

私は目を閉じた。このフロアすべてをコブラは買っていたのだ。見張ることなどたやすいわけだ。

「わかった。私はでていく」

クンは小さく頷いた。

「ご一緒しよう」

筒野がいって、私につづいた。私たちふたりが廊下を歩き、エレベータに乗りこむまで、十階はひっそりと静まりかえっていた。

フェラーリが私の車の前に止まっていた。

「まっすぐ帰るのかね」

ドアを開け、筒野は訊ねた。

「いや、少々、飲んでからにしますよ」

「それがいい」

筒野は重々しく頷いた。

「あなたは？」

「私は帰る。明日、旅にでるのでね。いつものことだが」

「ジャカルタですか」

筒野はにやりと笑った。

「いや。君が使いたいのなら、あのナンバーは使ってかまわんよ」

「夜が明けたら考えてみます」

返事のかわりに手をふって、筒野はフェラーリに乗りこんだ。腹にこたえる排気音をたて、発進する。

私はそれを見送り、五反田を先にするか、酒を先にするか考えた。結局、一杯やって自宅に戻り、由紀を指名することにした。肩をもんでもらうのは悪くないように思えたからだ。


翌日、警視庁の男から追加情報が入った。「日本愛輝会」の党首、倉伴秀は過激な右翼思想が原因で警察官を罷免《ひめん》された人物だった。倉はそれが気にいらず、同じように警察をクビになった人間たちを集めて、団体を作ったらしい。

役に立つか、と男は訊ねた。私は役に立つ、と答え、それ以上「日本愛輝会」の情報には近づかない方がいいと告げて、電話を切った。

雨とジョーカー

1

ひどい雨だった。降り始めた夕方はさほどでもなかったが、十時を過ぎてから激しくなった。バーの扉が閉じていても、カウンターの隅にある古い換気孔《かんきこう》ごしに外の雨音が聞こえてくる。

こんな日はさすがにでてくる人間も少ない。バーの中にいるのは、私とバーテンの沢井の二人きりだった。

本来なら私も今夜は、アパートを一歩もでず過すつもりだった。だが昨夜遅く、私あての電話がかかってきたと、沢井に夕方教えられ、やむなくでてきたのだ。貯金通帳の残高も贅沢《ぜいたく》はいえないと促している。もっと強く私に仕事を望んでいるのは沢井だった。沢井の実入りは、私の四分の一だ。彼の貯金残高が私の四分の一だとはとうてい思えないが、このところ機嫌があまりよくない。

「よく降りますね」

磨いていたグラスをおろし、沢井がいった。

「関西じゃ洪水《こうずい》になったところがあるらしいじゃないですか。つづくらしいですよ」

バーの中は暗く、静かだった。音楽もない。自然、雨音だけに耳を澄ましている羽目になる。

「気がとがめてきたか」

私はアイリッシュウイスキーの水割りをひと口飲み、いった。たいして飲んでいないのだが、こうじっと静かにしていると、むしろ酔いやすいような気がする。

「なんですか、それ。俺が嘘をついて呼びだしたっていうんですか」

沢井は口を尖らせた。

「さあな。俺がここにいなきゃ、仕事にはならない。仕事をしなけりゃ、お前さんの小遣いも増えん」

「確かにここんとこ客はいないすけどね。でもしょうがないじゃないですか。御用聞きに回れるような仕事じゃないし」

「わかっているじゃないか」

「電話は本当にかかってきましたよ。女の声で――」

「明日いく、といったのか」

「いや」

沢井は首をふった。二枚目のこの元ボクサーの体にもこの頃、急速に肉がつき始めている。なまじ顔の造作が小さいものだから、顎のあたりが顕著《けんちょ》だ。これだけ肉がついている今なら、「グラス・ジョー」で引退することもなかったろう。

「ただ、『ジョーカーって人はきてる？』って訊いただけです。『今夜はまだ』といったら、いきなり切っちまいました」

そのとき、バーの扉が開いた。激しい風にあおられた強い雨が、店の中に吹きこんできた。

髪の長い、青白い顔をした男だった。濡れた長髪がべっとりと頬にはりつき、水滴を滴《したた》らせている。もとの色がわからないほど水を吸ったスーツに黒っぽいネクタイをしめていた。肌にぴったりとくっついたシャツの下からあばらが透《す》けている。

「ジョーカーって人はいるかい」

男はつぶやきにしか聞こえないほどの小さな声でいった。

「なんですって？　すいません、扉を閉めてもらえませんか」

沢井が男を見やり、ちらりと私に目を移した。

危い目だ、と私は考えていた。新来の客の足もとにはみるみる水溜りができていた。すりきれた褐色《かっしょく》のカーペットは、男の着ている服と同じような色に染まっていった。

男はふりむきもせず、うしろ手で扉を閉めた。

「ジョーカーだ」

私はゆっくりとストゥールをうしろに下げていた。身に覚えはなかったが、それはこちらに限った話だ。

「俺だ」

男の右手が濡れそぼった上着にさしこまれた。次の瞬間、私がグラスを投げた。グラスは抜きだされた拳銃に当たって砕けた。見たこともない珍しい型のオートマチックだった。

私はストゥールから床に転がり落ちた。男がオートマチックの引き金を絞った。カウンターに巨大な穴が穿《うが》たれ、轟音《ごうおん》と炎があがった。積まれていたグラスが粉々になる。

「沢井！」

私は叫んだ。ふっ飛んだカウンターのちょうど向こうに沢井が立っていた。一瞬でその姿が見えなくなった。

私は別のストゥールの脚をつかむと、男めがけてつきだしながら突進した。ストゥールの低い背もたれが男の腕にあたり、第二弾がバーの天井に五十センチ四方はある穴を作った。

銃声は起こらず、命中した場所だけで轟音と炎があがるのだった。

男はストゥールにつきとばされ、背中からバーの扉に激突した。青白い顔には、奇妙な薄笑いがへばりついている。うっという呻《うめ》き声をたてたときすら、その笑いは消えなかった。

私はストゥールを落とし、男の右腕にとびついた。左手で男の右腕を高く掲げながら、男の顔に頭突きをくらわせた。

男の薄く尖った鼻から血が吹きだした。それでも笑みは消えず、男は左手で私の額を押し戻そうと試みた。

私は膝蹴《ひざげ》りを男の股間《こかん》に放った。男は平然としていた。私はさらにつき上げ、男の右手から拳銃を奪いとった。腕の力はさほど強くなかった。

「動くなよ」

私は男の額《ひたい》に銃口を押しつけてやった。

「撃てよ」

血と雨水でピンクのまだら模様におおわれた男の口が動いた。

「撃ったらこのビルは吹っ飛ぶぜ」

銃は軽く、まるでプラスティックでできているかのようだった。

「こいつの弾丸《たま》が、まだポケットに五発入っているんだ」

男は顎をしゃくり、私の握った銃をさした。

「撃ってってばよ」

私は一歩退いた。

「沢井！」

男から目をそらさず、もう一度叫んだ。返事の代わりに呻き声が聞こえた。

男の笑みが大きくなった。

「かわいそうに、血まみれだ」

「ふざけるな。いったいどういうつもりなんだ」

「ジョーカーって野郎を消したかっただけだよ」

いって、不意に男は身を翻《ひるがえ》した。私は反射的に引き金を絞った。が、銃はシュッという間抜けな音をたてただけだった。

男は扉の外に駆けだしていた。土砂降りの路上に、オープンの古いアルファロメオが止められていた。

その運転席にとび乗ると、男は車をスタートさせた。エンジンもライトもつけ放しだったのだ。

アルファロメオはタイヤの悲鳴と水しぶきを盛大にたてながら、雨の奥へと呑まれていった。

プロのわけがない。プロであるわけがないが、素人《しろうと》でもなかった。

私は店の中をふりかえった。沢井が両手をカウンターにつっぱって体を支えていた。男の言葉通り、顔が血まみれだった。目を強くつぶっている。

騒ぎに人が駆けつけるようすはなかった。爆発音も雨音に消されてしまったようだ。

「大丈夫か」

扉を閉じ、声をかけた。

「ひどいもんですよ。もろグラスの破片をかぶっちまった」

目を開いた。苦痛に歪んだ顔だったが、命に別状はない。

私は近づいて観察した。ざっと見て、二十は破片が額や頰にめりこんでいる。目をやられなかったのは反射神経の賜物《たまもの》だろう。

「誰かきてますか」

「いや。隣にも聞こえてないようだ」

穴蔵のようなこのバーは、客種も従業員もまるでちがう高級イタリア料理店と奥でつながっている。

「助かった」

いって、沢井は、まるで怪物が嚙みちぎったようなカウンターの穴と天井を交互に見やった。

「保険会社に何ていや、いいんです」

「それどころじゃない。まず医者だ」

私はいって電話に手をのばした。

「誰がいい？」

「外科じゃ、崔《さい》先生でしょう。女房に逃げられたって話だから、酔い潰れてなけりゃ往診してくれる」

「携帯、わかるか」

「ええ。そこの電話帳に――」

赤坂《あかさか》のカジノバーにいた医者の崔は、すぐに向かうといってくれた。腕がよくて口が固く、しかも腰の軽い外科医は、医療費控除《こうじょ》の対象にならない料金をしこたまとる。

テンガロンハットにカウボーイブーツ、白の上下でループタイといった服装の崔は、バーに入ってくるなり、

「こりゃ、みごとだ」

と声をあげた。五十をとうに超えて、麻布にある病院は倅《せがれ》に譲り、今は表向き医師の仕事はしていないことになっている。

そして私と沢井の顔を見比べ、

「百万はかかるな」

といって、

「どっちがだすんだ」

訊ねた。

「俺が払う」

私はいった。

「沢井、金庫はどこにある」

沢井はほっとしたように、すわっている椅子からカウンターをさした。

「左の端っこの下です」

私はカウンターの中に入った。崔は上着を脱ぎ、仕事にかかった。

私はこのバーに、非常用の金と道具を預けている。それらはすべて手さげの金庫に入って、ふだんは沢井の足もとにおかれていた。

カウンターの内側でかがみ、金庫を開いた。百万の束をひとつと、三十八口径のリボルバーをとりだして懐ろにしまった。男がおいていった銃は上着のサイドポケットにあったが、本当にオモチャのように軽い。

カウンターをでて、崔のかたわらに百万をおいた。

「慰謝料《いしやりよう》ってのはないんですかね」

沢井が口の端だけを使っていった。ピンセットでガラスの破片を抜かれている。

「こういうリスクを背負《しよ》うから、ここにいるだけで二十五パーセントをとっているのだろ」

「ロクな死に方しないね」

沢井は口をへの字に曲げた。

「まったくだ。一歩まちがえたら、今頃お前さん、チリトリとホウキもって泣きベソかいてるところだ、俺を拾い集めながら」

「誰なんですか、あいつは。次、会ったらいっといて下さいよ。ここじゃなくて、どこか、そっちの方で片つけてくれって」

「まるで知らない相手だな」

「本当ですか。まさか最近、仕事してないと思ってたけど、こっそりやっていたのじゃないでしょうね」

「そういう面倒なことはしない」

私は少しきつい口調でいった。沢井もいいすぎたと思ったのか沈黙した。こういう商売では、相手に信頼がもてなくなったら終わりだ。沢井は、私のかわりに弾に当ってくれはしないだろうが、弾が飛んでくることは知らせてくれる。私も同様だ。そのていどでも信頼は信頼だ。

崔が私の百万を手にひきあげると、私はバーのネオンを消し、扉に鍵をかけた。沢井は椅子にすわったまま、悲しげに手鏡を見つめている。

「――ボクシングやってたときも壊されなかったツラなのに」

傷跡は残るだろう、と崔はいった。縫《ぬ》うほどの傷はいくらもなかったが、それでも跡は残るという。

「悪かったな」

私は初めてあやまった。沢井は力なく頷いた。

「本当にどこの野郎だか、心あたりはないんですか」

「ないね。玄人《くろうと》じゃないが、素人でもない。人に頼まれたって感じでもないのに、俺はまるで知らない顔だ」

「人の女に手をだしてませんか」

「いいや」

いって私はポケットから男のおいていった銃をだした。ずんぐりとした胴体に細い握りがついている。銃口はふたつあって、初めから二発しか弾丸はでない仕組になっているようだ。

「見たことない銃ですね」

「俺もない」

アパートに帰ったら、じっくり調べるつもりだった。もちろん、あの青白い男が待っていなければ、だ。

「とにかく気をつけて下さいよ。保険会社が納得しなかったら、店の修理代はもってもらいますぜ」

「ああ。俺があいつに殺《や》られたら、金庫の中味は使っていい」

一瞬、嬉しそうな顔になった。

2

バーをでたところに、さっきはいなかった白のベントレーが止まっていた。運転席の窓ガラスが静かに降りた。私は三十八口径の握りをつかんだ。

スカーフを髪に巻いた白い横顔が現われた。細い銀ぶちの眼鏡をかけている。

「ジョーカーさん？」

私は立ち止まった。女の声は低かったが、雨音に消されないだけの響きがあった。

「電話をしたのはあんたか」

女は頷いた。そして、

「乗って下さる？」

と助手席を示した。私は首をふった。

「仕事の話をしたいのなら、店に戻ろう」

「やっていたのね。看板が消えていたから、どうしたものか、迷っていたの」

「ちょっとあってね。散らかっているが、気にしないでくれ」

私は扉をノックした。私がでてすぐ、沢井は錠をおろしていた。

「はい」

くぐもった沢井の声が扉の向こうから聞こえた。

「明るいニュースだ。客がきた」

錠が開かれた。

ベントレーを降り、店に入ってきた女は、わずかに目をみひらいてあたりを見回した。沢井は、天井やカウンター、グラスの破片を掃《は》き集めている最中だった。

私と女は、隅に集められたストゥールにかけた。女は三十代のどこかに属する筈の年齢で、ほとんど化粧をしていなかった。細身で、襟《えり》ぐりの深いニットのワンピースを着けている。化粧をすれば、かなりの美人になるだろう。

女が布でできたバッグから封筒をとりだした。

「着手金が百万、そうでしょ」

私は頷き、うけとると沢井に渡した。沢井は女の顔を見つめていた。

「どうした？」

「葉山《はやま》リオさんじゃないですか」

沢井がいった。女は平然としていた。

「昔はね」

沢井は急に笑みを浮かべ、そしてとたんに痛《いて》て、と悲鳴をあげた。

「写真集、もってますよ。引退したのがすごく残念でした」

女は肩をすくめ、煙草をとりだした。

「今の方が生活はいいわ」

「数えろ」

私は沢井を促した。そして女に向き直った。

「で？」

「別れたい男がいるの。別れさせて」

女は煙草にカルチェで火をつけた。

「どういう風に」

「どういう風でもいいわ。とにかく別れたいの」

「向こうにはそれを伝えたのか」

「ええ。わたしが逃げたら、わたしの家を爆破して、友だちをかたっぱしから殺すって」

「何者だ」

「よくは知らない。天才よ。それだけは確か」

「警察は」

「まずいわね。わたし、芸能界をやめたあと、ある人の世話になっていたの。その人が亡くなって、財産を相続したわ。今の彼を援助することも、亡くなった人の遺言にあったの」

「どんな援助？」

「ずっと家に住まわせ、研究をつづけさせること。住んでいるうちに……そうなっちゃったの」

女は手を広げた。

「よほどでかい家なんだな」

「一万坪」

沢井がそっと口笛を吹いた。

「何の研究をしているんだ」

「武器よ。いろんな鉄砲を作る天才なの」

私は煙草をくわえた。

「俺のことをその男に話した？」

「いいえ。どうしてそんなことをするの？」

「きのう、この店に電話をしたのはどこからだ」

「家からよ」

私は沢井と顔を見合わせた。

「髪が長くて、色の青白い奴か」

「そう」

女がカルチェをさしだした。私は煙草に火をつけていなかった。

「どうして知ってるの？」

「さっきここにきた。この雨の中、オープンのアルファロメオに乗って。俺を殺したいといって、このありさまだ」

女は息を呑んだ。能面のような無表情が崩れた。

「……きたの」

「あんたの新しい男だと思われたようだ」

「純粋なの。すごく。心の底からわたしに惚れてる」

どこか誇りの感じとれる口調だった。私は男の銃を見せた。

「知ってるか」

「いいえ。わたしは彼の研究室には一度も入ったことがないもの」

嘘だ、と思った。だが何もいわなかった。

「別れたい理由は？」

「別に。ただ潮どきだって思っただけ」

私は女から顔をそむけ、煙草を吸った。断わった方が得策だった。が、崖に払った百万はどこかで回収しなければならない。しかも女が私との関係を男に説明しない限り、私はまたつけ狙われる。

「名前は？」

「わたしの？　彼の？」

「その順番で聞こう」

「望月《もちづき》佐紀《さき》、栗原丈二《くりはらじょうじ》」

「『ガン・ジョージ』か」

「知っているのね」

「作品は有名だからな」

「ガン・ジョージ」は、オリジナルの銃密造の天才だった。その世界では、木《き》津《づ》というもうひとりの天才がいたが、何年か前に新宿署の刑事に射殺され、今は名実ともにナンバーワンのガンスミスだ。その作品には、海外のマニアからも引き合いがあるといわれている。

「そんなに有名人なら、サインでももらっときゃよかったかな」

沢井がぼそりといった。

「していったじゃないか」

私は天井の穴をさし、佐紀の顔を見つめた。

「あんたの亭主は何をしていたんだ」

「何も。ただの大金持よ。変り者だっただけ。才能のある人を自分のまわりにおいて、仕事をさせるのが好きだったの」

「あんたもそのひとりか」

佐紀は怒らなかった。

「そうね。だから丈二は別れたくないのじゃない」

沢井がほっとため息をついた。

「いつ死んだんだ」

「半年前よ」

「栗原とはそれから？」

「その少し前」

私は頷き、短くなった煙草を灰皿に押しつけた。

「住所と電話番号をおいていってくれ。明日からかかる」

「説得してくれるの？」

「納得する男だと思うか」

「さあ……」

いって佐紀は私の目をのぞきこむように小首をかしげた。微笑《ほほえ》んだ。ぞくっとした。一瞬、息を呑むほどの色気だった。

「ジョーカーは何でも引きうけるのでしょ」

「できない仕事なら、他の人間を紹介する」

「責任をもって？」

佐紀は私の目をのぞきこみつづけていった。目で私を犯した。

「ああ」

佐紀はゆっくりと瞬《まばた》きした。私は詰めていた息をそっと吐いた。

「いいわ。お任せする。お金は払うから」

いって、佐紀は立ちあがった。不意に佐紀の肉体が気になった。細く長い脚。たぶんノーブラであろう、ワンピースの下の豊かでまっ白な胸。

佐紀が扉に手をかけたとき、私はいった。

「栗原はあんたに危害は加えないのか」

「できないわ、そんなこと。丈二はわたしにすがって泣くでしょう。それだけよ」

扉を開いた。雨音が一段と高くなり、冷たい滴《しずく》が奥まで吹きこんだ。だが佐紀は、眉をひそめることもなく雨の中へでていった。雨の方で佐紀をよける。そんな印象だった。

扉が閉まった。

「かわいそうな奴だ」

私はつぶやいた。

「本当ですよ。あんな野郎につきまとわれたんじゃ、たまんないすよね」

沢井が相槌《あいづち》を打った。

「そうじゃない」

「え？」

私は扉を見つめ、首をふった。

3

翌日、佐紀の亭主のことを調べるため、私は午前中を動き回った。佐紀が私に教えた住所は、望月兵之助《ひょうのすけ》という男のものだった。望月兵之助は確かに大金持で、都内にいくつものビルやそのビルを管理運用するための会社をもっていた。変人で、映画や美術展などに出資していながら、一切公《おおやけ》の場には姿を現わしていない。佐紀は望月姓を名乗ったが、配偶者としての入籍はされておらず、遺産として佐紀が手にしたのは、兵之助の会社が所有する世田谷《せたがや》の屋敷での居住権と一億ばかりの現金だった。それ以外のすべての財産は、兵之助の会社のものになっている。

望月兵之助がどこで「ガン・ジョージ」こと栗原丈二を拾ったのかは不明だった。「ガン・ジョージ」は、銃造り以外にはまるで無関心で、自分の作った銃とセックスをするとまでいわれていた。その「ガン・ジョージ」の目を、初めて生身の女に向けさせたのが佐紀だったというわけだ。

望月兵之助の屋敷は、経堂の駅からわずかの場所にあった。鉄条網を頂上にめぐらせた高い塀《へい》に囲まれ、その内側には鬱蒼《うっそう》と枝を茂らせる大木が植わっている。中央にある母家《おもや》は、洋館と呼ぶにはやや簡素な鉄筋の四角い建物で、それより少し離れた位置に、樹木の影におおわれた木造の二階家が建っていた。

私が訪ねた午後も、まだ雨は降りつづいていた。昨夜の激しさはなくなったが、屋敷の車寄せはぬかるんでおり、あちこちに泥水のたまった穴があった。

私はそこだけ玉砂利《たまじやり》をしきつめた、ベントレーの駐車位置の横に車を止めた。アルファロメオの姿はなかった。

雨雲と大木のせいで、敷地の中はひどく薄暗かった。車を降りて玄関に走りこんだ私を、佐紀本人が出迎えた。

佐紀は髪をセットし、うっすらと化粧を施《ほどこ》していた。それだけで驚くほどの美貌《びぼう》になっている。着ているものも、濃いグレイのタイトなスーツに黒のストッキングといったいでたちだった。

「栗原は？」

「昨夜から帰っていないみたい」

ルージュをひいた唇に目が吸いよせられた。これほど化粧で容貌の一変する女も珍しい。

「どうしたの」

「今日はやけにめかしこんでいるな」

「習慣よ。主人は、わたしが外出するときにお洒落《しゃれ》するのを許さなかった。化粧も駄目。そのかわり家にいるときは、どれだけきれいにしていても満足してくれなかったわ。今でもそれは生きているの」

「生きている？」

私は佐紀に従って、一階の中央を抜ける廊下を歩きながらいった。家の中はほこりっぽく、ガランとしていた。最低限の調度以外はすべてが消えている。壁には、絵や置き物をとり払ったと覚しい跡が残っていた。

「遺言なの。それを守らないとわたしはここを追いだされる」

「誰がそれを監視するんだ？」

「さあ……。主人が死んですぐ、会社は運転手やメイドを解雇したわ。ここにはわたしひとり。でていくように仕向けているのね」

私たちは庭と、その奥に建つ二階家を見渡す部屋のソファで向かいあった。

「あの家が丈二の研究室よ」

佐紀は脚を組み、煙草をセンターテーブルからつまみあげた。

「あそこで寝起きしているのか」

「主人が生きていた頃はね。今はここで寝ることの方が多いわ」

「奴がきてどのくらいだ」

「もう五年くらい。わたしがここにきてすぐだったから。なんだかどこかの暴力団に追いかけられていたみたい。それを主人がかくまったの」

「そのあいだも銃は作っていたのか」

「そう思うわ。あの家には地下室があるの。よく主人は丈二とそこにこもっていたから」

二階家は、昼でも明りが必要なほど暗く、陰気な佇《たたずま》いをしていた。

「あんたが誘ったのか」

「何のこと？」

脚を組みかえ、佐紀はいった。

「望月兵之助は七十を超えていたろう」

「調べたの。そうね、どちらともなく、という感じかしら」

「――もういらない、というわけか」

「わたしはわたしの人生、丈二は丈二の人生。わたしたちは、古い人生と新しい人生のあいだのちょっとしたツナギの時間を共有したっていうだけ」

「今、奴はどこにいると思う」

「さあ」

「他にいくところはたいしてないだろう」

「そうね……。『ママの店』かしら」

「『ママの店』？」

「古いアメリカンコミックスをおいた喫茶店がこの近くにあるの。仕事に疲れると、よくそこで丈二はコーヒーを飲んでいたわ。スーパーマンとかスパイダーマンとか、そういうマンガを飽《あ》きもせず読んでいて」

「場所を教えてくれ」

私は立ちあがった。

「会うの？」

意外そうに佐紀はいった。

「会わずにどうやって説得するんだ？」

「ちがう説得のしかたをするのだと思っていたわ」

「そういう仕事は、俺本人はやらないんだ」

「そうなの」

少し驚いたようだ。

「ジョーカーっていうくらいだから、そういうのが専門だと思ってた」

「そいつは勘ちがいだ」

「残念だわ。でも紹介してくれるのでしょ、そのときは」

ねっとりとした視線で佐紀は私を見上げた。

「そのときは、な」

私は答えた。


「ママの店」は、蔦《つた》を外壁一面にはりつかせた、こぢんまりとした一軒家だった。四段ほどの石段を登ると、菱形《ひしがた》のガラスがはまった木の扉がある。「アメリカンコミックス、アンド、コーヒー」と小さく書かれた板が下がっていた。アルファロメオが前にあった。

栗原は、四つほどしかないボックスの、一番奥の隅にいた。コーヒーカップと、きちんと積みあげたアメリカンコミックスの山を前に、一心不乱にページをくっている。

私がその前に立っても目を上げようとしない。

三十八口径は、いつでも抜けるように臍《へそ》のすぐ左横にさしこんであった。が、あたりには目もくれず手もとのマンガに食いいっている栗原を見ていると、私は自分がそのマンガの登場人物になったつもりの間抜けのような気がした。

やがて栗原が顔を上げた。どんよりとした目だった。私を認めても、すぐには表情が変わらなかった。

店の中は暖かく、湿っていて、コーヒー豆の香りが漂っていた。静かで、ひどく穏やかな気持になる。

「きのうは御挨拶だったな」

私はいった。栗原の鼻梁《びりよう》はまだ腫《は》れていた。

「あっちいけよ。ひとりで読みたいんだ」

栗原は子供のような口調でいった。

「どうした。きのうしたかったことは、もういいのか」

店の中には、カウンターの中でやはりマンガを読んでいる、長髪のでぶがいるだけだった。私たちのやりとりには目もくれなかった。注文の声を聞くまでは、動く気がないらしい。

「これ読んでからだ」

いらだたしげに栗原はマンガをふった。

「読み終わったら話さないか」

「話すことなんかないね」

目はすでに絵を追っていた。私はため息をつき、栗原の向かいに腰を下ろした。

「コーヒー」

でぶはうんざりしたように立ちあがった。だが数分後運ばれてきたコーヒーは、しごくまともな味だった。濃く、熱くて、苦味がきいている。

栗原の方は、手にしていた本を読み終えても私の方は見ず、すぐに山の上の一冊を手にとった。山をすべて読み終わるまでは、他のことはまるでする気がない、といったようすだった。

私はコーヒーを飲みながら、しばらく栗原を見つめていた。こうして観察すると「ガン・ジョージ」と呼ばれる男は、まだほんの小僧だった。三十に手が届いているかどうかすら怪しい。ときおり口を動かしていたが、それは英語の擬音《ぎおん》のようだ。

しっとりとした雨音が、格子窓の向こうから聞こえていた。店内は音楽も流れておらず、カウンターの奥で湯が滾《たぎ》る音だけがつづいている。

もう一度窓に目をやったとき、人けのない住宅街の道を濃紺のキャデラックがやってくるのが見えた。キャデラックはアルファロメオを認めると速度を落とした。シールを貼った後部の窓が下がり、薄いサングラスをかけた白人の顔がのぞいた。

キャデラックは停止した。窓が上がった。だが誰も降りてはこなかった。

栗原はあいかわらずマンガに夢中だった。山は三分の一ほど低くなっている。

私は立ちあがった。栗原は身じろぎもしなかった。

店をでて、石段の途中に立ち、キャデラックを見つめた。運転席と助手席にそれぞれ男がいて、感情のこもらない目で私を見返してきた。

やがて私は歩みよった。傘はさしていない。傘をさしたまま人を撃てるほど器用ではない。

助手席の窓が下がった。

「栗原なら中にいるぞ。ただしマンガを読み終わるまでは、誰とも話さない」

「なんだって？」

男はいった。やくざではなかった。ひどく健康的な体つきと短い髪をしている。やくざではないが、もっと危険な商売をしている。

「だから栗原だ。話す気はないとさ」

男は黙って私を観察した。拳銃より、アサルトライフルやコンバットナイフを扱い慣れている。

「お前、どこの社だ」

男はようやくいった。

「ただのメッセンジャーだ」

雨が襟足《えりあし》から背中を伝っていた。

「帰ってクライアントにいえ。無駄足だったってな」

「どうして無駄足なんだ」

「契約がある」

「栗原とか」

男は答えなかった。

「誰とも契約してないのじゃないか、栗原は」

男は無言だった。喋るより殺す方が楽だ、と考えているのがわかった。男の背後で白人が何ごとかをいった。聞こえなかった。

男は黙って右手を動かした。助手席の窓が上がった。キャデラックが走りだし、私は雨の中にとり残された。

「ママの店」に戻ると、栗原の姿が消えていた。テーブルの上はいつのまにか片づいている。裏口があったのだ。

アルファロメオはそのままだった。私は自分の車に乗りこみ、佐紀の待つ屋敷に走らせた。

門が閉まり、ベントレーはなかった。誰もいなくなっていた。

4

佐紀がスカーフを頭に巻いた姿で、東麻布にある会員制のバーからでてくるのを、私は店の駐車場に止めた車の中から見ていた。バーには日本人の客はまれだった。この店の会員になるためには、実戦の経験が不可欠である。駐車場の入口には、コンゴ動乱で左足を失った中国系フランス人がいる。会員以外の車の駐車は絶対に認めない。佐紀のベントレーは、どこか別の場所に止められている筈だった。

雨は真夜中前に止んでいた。が、佐紀はトレンチコートを着けていた。

私は車をだし、佐紀の前で止めた。

「車を止めたところまで送ろう」

佐紀は立ちすくんだ。

「どうして――」

「あんたが今夜会った連中が、安心して酒を飲めるところはここしかないと、知っていたんでね」

佐紀は私の車を見つめた。

「車は――。止めちゃいけないっていわれたのに」

「会員以外はな」

佐紀の目が広がった。化粧はきれいに落とされていた。だが眼鏡はかけていない。

「乗れよ」

私は促した。佐紀はためらい、しかし助手席のドアを開いた。

「どこだ？」

「六本木のロアビルの裏よ」

私は車をスタートさせた。

「友だちなの？　彼らと」

やがて佐紀が訊ねた。

「いいや。世代がちがうし、現役とはかかわりあわないことにしている」

佐紀の顔がこわばった。

「なぜ奴らに頼まなかった」

「何を」

「栗原を消すことさ」

「何いってるの」

「奴らなら朝飯前の仕事だろうが」

佐紀は黙った。

「いくらで契約したんだ」

私は訊ねた。

「何の契約？」

「栗原の研究室丸ごとを、奴らに売るつもりなのだろ」

「関係ないでしょ。ねえ、それよりこのまま家まで送って下さらない」

私は佐紀を見た。

「駐車料金が高くつくぞ」

「どうってことないわ」

いって佐紀はトレンチコートの前をゆるめた。ゆったりとしたオフホワイトのパンツにトレーナーを着けている。

「丈二とは会ったの？」

「ああ。奴は知らないのだろ。自分が売りだされてることを」

「彼のためよ。大佐は今以上の研究所を用意するって」

佐紀は低い声でいった。

「だから殺しを頼めなかったのか」

「大佐は、丈二ごと欲しいのよ。でも丈二はどこにもいく気がないの」

「栗原が死ねば、あんたが奴の遺産を売っ払えるというわけか」

「あんな辛気《しんき》くさい家、さっさとでていける」

「金はもらったのだろ、それなりに。なぜさっさとでていかなかった」

「冗談じゃないわ。一億なんて安すぎる」

「贅沢だな」

「わたしをそういう風にしたのは、あの人なのよ」

「栗原の遺産にいくらだしそうなんだ、大佐とかは」

「わからない。丈二が死ぬなんて思ってないもの。でも、二、三百万ドルはだすでしょ。それだけの価値があるのじゃない」

「栗原がそのことを知ったら、あんたを殺すぜ」

「信じるわけがないわ。彼がどんな人間かわかったでしょう」

私の太腿に手をおいた。

「まだ手つけ金以外のお金の話、してなかったわね」

「そうだな」

「急ぎで誰か紹介してくれる？　あなたには遺産の半分を分けるわ」

「それは豪気だ」

もちろん佐紀はそれを節約しようと考えるだろう。二十分の一かそこらで雇える誰かを、私にさし向けることで。

屋敷に着いた。門が開き、アルファロメオが止まっていた。二階家に明りが点っている。

「丈二が帰ってるわ」

「そのようだな」

「あなたが全部をうけ負ってくれてもいいのよ」

私はベントレーが止められていた玉砂利の上に、自分の車を止めた。

「奴のところへいこう」

「駄目よ。丈二は知らない人間が勝手に入ってこないよう、いろんな罠《わな》をしかけているの。それこそ吹きとばされちゃうわ」

「じゃあどうする」

「わたしが迎えにいく。あなたは母家で待っていて」

私たちはまず母家に入った。佐紀は私に待つようにいって、二階にあがった。降りてきたときには完璧な化粧をして、鮮やかなオレンジのドレスを着けていた。

「ハイヒールが泥まみれになっちゃう」

ソファにかけていた私に歩みよると、不意に唇を押しつけてきた。ドレスの裾《すそ》が割れ、膝から上が露《あら》わになった。ドレスの下には何も着けていない。佐紀が私の手をつかみ、そこへ導いた。

「才能はあるのよ、本当に」

かすれ声でいって、押しあてた。掌《てのひら》が濡れるのを私は感じた。

素早く体を離し、佐紀は訊ねた。

「何かもってる？　ピストルとか」

「いいや」

私は首をふった。佐紀がサイドテーブルのひきだしを開いた。金色の、小さなオートマチックをとりだした。ベビーブローニングだった。

「主人が丈二に作ってもらったの。十四金でできてるけど、ちゃんと弾もでるわ」

私はそれを見つめた。

「あなた自身の身を守るためよ。あなたがここにいたら、彼はきっとあなたを殺すわ」

「昼間はそうしなかった」

「マンガを読んでいたからでしょう。丈二はいつもひとつのことしか考えられないの」

「それはいらない。何か他の手を考えよう」

佐紀は疑うように私を見つめていたが、

「わかったわ」

といって、銃をひきだしに戻した。

「じゃあ丈二を連れてくる。待ってて」

私は頷いた。もし栗原が私を殺せば、佐紀は別の殺し屋を捜すだろう。私が栗原を殺しても捜す。

佐紀はなかなか戻ってはこなかった。私は煙草に火をつけた。

二十分ほどかかって、ようやく佐紀と栗原が母家にやってきた。部屋に入ってきた佐紀を見て、遅れた理由がわかった。髪が少し乱れ、口紅がはげていた。才能を発揮したというわけだ。

栗原は佐紀を従えて部屋に入ってきたが、私を見ても表情をかえなかった。

「車があったからな。きているると思った」

「昼間、話をしそこねた」

私はいった。

「しつこいな。佐紀とは別れないよ」

栗原は唇をほころばせた。昨夜と同じ格好で、ちがうのは上着を着ていないというだけだ。ゆったりとした袖《そで》の、女物のようなシャツを着けている。

「彼女の意志は無視なのか」

佐紀は部屋の入口に立ったまま、入ってこようとはしなかった。

「知ってるよ。でも、佐紀の体と心はちがうんだ。佐紀は僕と離れられない」

そして佐紀をふり返った。

「アイスティが欲しいな」

佐紀はこわばった表情で頷き、廊下を遠ざかった。

「なぜ俺を殺したかったんだ」

「佐紀は僕を殺したくて、あんたを雇った。そうだろう」

「俺は殺しはひきうけないんだ」

「どうだか」

　いって、栗原は首をふった。

「俺が殺し屋ならとっくに昼間、殺している」

　栗原は表情を変えなかった。

「彼女は、お前が何も知らないと思っている」

「いいんじゃない。僕は寛大なんだ」

「じゃあ彼女本人に殺されりゃ、納得するのか」

「いったろ。彼女は僕と別れられない。殺すことなんてできない。殺したかったのなら、今までにいくらでも殺せた」

「今度は本当に殺すかもしれんぞ」

「どうして」

「傭兵《ようへい》にお前の研究を売り渡す契約をしている。破ったら、本人が消されるかもしれん」

「そんなこと」

平然と栗原はいった。

「知ってるよ、とっくに」

「そうだったな。電話を盗聴していたのだったな」

「よくわかってるじゃない。彼女が考えている以上に、僕は彼女のことを思ってる」

「――丈二」

そのとき、緊迫した佐紀の声が聞こえた。

部屋の入口に、コンバットナイフを喉に押しあてられた佐紀が立っていた。押しあてているのは、キャデラックの運転席にいた男だった。その男の肩ごしに、サイレンサーの筒先がのぞいた。佐紀の体を盾《たて》にして、助手席にいた男がいった。

「大佐はお前を生きたまま欲しがってるがな、俺たちはちがう考えなんだ」

「引退したいのか」

私はいった。サイレンサーは私に向きを変えた。

「そういうことだ」

「何？　どういうことなの――」

佐紀が震える声でいった。

「大佐ってのは、たぶん根っからの軍人なのだろう。だがこいつらは、栗原の遺産を金にかえられればそれでいい。大佐とちがって、栗原の作る銃には興味がない。要は金をつかんで早く引退したいだけだ」

『クラブ』の駐車場にいたな。会員だってことは、どこかがついているのだろう。いくらだす？」

私に銃を向けたまま男はいった。

「俺に売りつける気か」

「大佐に売るわけにはいかないからな。名前は？」

「ジョーカー」

「何？」

栗原が右腕をふった。映画「タクシードライバー」で見た仕掛けだった。スプリングに弾きだされた拳銃が右手に現われた。本物を見るのは、私も初めてだった。

パン！　という乾いた音がして、佐紀にナイフを押しあてていた男がくの字に身を折った。サイレンサーが二度火を吐き、栗原は仰向《あおむ》けに倒れた。

「丈二！」

佐紀が叫んだ。その体を押しのけ、助手席の男が進みでた。

「見てな、片をつけるから」

私にいって、栗原の頭にサイレンサーの狙いをつけた。

「やめて！」

佐紀が叫んだ。私は三十八口径をつかみだすと、引き金を絞った。まちがいなく防弾チョッキを着けている。助手席の男の左目に弾丸を撃ちこんだ。

男の髪が一瞬逆立ち、そして棒のように倒れこんだ。

「この――」

ナイフの男が腹をおさえて立ち上がった。

「やるのか」

私はいって、リボルバーの撃鉄を起こした。男は喘《あえ》ぎ、肩を落とした。

「――やめとくぜ」

「仲間を連れて帰れ」

私は死体を示した。

「なんだと――」

いいかけ、男は息を吐いた。

「大佐にはうまく報告するんだな」

男が仲間の死体を担いで出ていくあいだ、佐紀は栗原のかたわらにひざまずいていた。

栗原のことは見なくてもわかった。あの距離でプロが的を外す筈はない。

栗原は生きていたときと同じ、青白い顔で天井を見上げていた。少し得意げな表情がこびりついている。

「丈二」

佐紀がすがって、その頭をゆすった。心臓に命中した弾丸は、出血をわずかに抑える。

「望み通りになったな」

私はいった。

「馬鹿いわないで！　全部ぶち壊しじゃない！　ピストルだってもってたくせに」

佐紀が泣き声で叫んだ。そして栗原におおいかぶさり、

「丈二ぃ！　丈二ぃ！」

と呼びかけた。その手をつかみ、ドレスの奥へと導く。

「丈二！　ほらっ、丈二！」

私は運ばれていった死体の血の跡を辿《たど》って、屋敷をでた。傭兵の姿は消えていて、

あたりは静かだった。

結局、栗原は何もかもをわかっていた。自分が死ぬこと以外は。

車に乗りこむと、いつのまにかまた雨が降りだしていることを知った。今度の雨は、音をたてなかった。

ジョーカーの後悔

1

駅を降りたときから後悔が始まっていた。午後四時だというのにすでに人でごったがえしているハチ公前を抜け、スクランブル交差点を歩きだしたときは、さらに後悔はつのっていた。

この街に足を踏み入れるのは二十年ぶりだった。通りすぎたことはいく度もある。車の窓から見える景色の変化に感じるものがときおりなくはなかったが、抑えこみ、忘れるようにしてきた。

大量の、それもほとんどが子供といってもよいような年頃の連中のあいだをすり抜け、すれちがいながら公園通りを登っていった。用事は数分ですむ筈だ。わき目は一切ふらず、前だけを見ながら早足で歩いた。

用事はすぐにすんだ。渋谷でしか売っていない品物というわけではなかったが、私は他に買える場所を知らなかった。たまに暇を潰すために作っている手のこんだ玩具の部品だった。値段も数百円の代物だ。電話で通信販売できないかと訊ねたが断わられた。数万円のキットなら代金引きかえで送れるが、と若い声の店員にいわれ、やむなくやってきたのだ。

この日その時間、東京とその周辺に住む十五歳から十八歳までのすべての若者が渋谷に集まっているのではないかと私には思えた。それもあまり頭のできのよろしくない若者ばかりがだ。

沢井にいわれたことがある。街をうろついている子供がすべて頭の悪い不良に見えてきたら、若さを憎み始めている証拠だと。何のために若さを憎むかといえば、自分が失ったものを少しも惜しくないと思いたがる、保身の術だという。

おおかた何かの受け売りだろうが、この子供たちを憎いとは思わないまでも、どこかへいってほしいとは感じた。子供と大人の区別があいまいになって得をするのは、子供をだまして稼ぐ商売人だけだ。

公園通りを戻るのに嫌けがさし、かつては人通りがほとんどなかったような裏道に入った。そこでさらに後悔した。

子供に混じって妙に嫌な臭いを漂わせる半大人が街のあちこちに立っていることには気づいていた。やくざではないが、まっとうでもない連中だ。二十をいくらかでるかでないかといったあたりだろう。やくざにしては身なりが悪すぎる。

トレードマークはゴムの長靴だった。作業衣のようなズボンの裾を長靴に押し込み、迷彩色のジャケットや革のブルゾンを羽織っている。それがはやりのファッションでないことは確かだった。子供たちですら〝危い〟と感じたようで、その半大人が虚《うつ》ろだが妙に範囲の広い視線をあたりに放つ地点では、人波が割れていた。

長靴の半大人の数は、渋谷駅から公園通りの半ばまでだけで六、七人を数えた。何かのグループのようだった。チームなのか、宗教団体なのか、そのうちのひとりの横を歩きすぎたとき強い酸の匂いを嗅いだ。体臭ではなく、化学薬品の匂いだ。

裏道と信じた道は、今では裏道どころではなかった。蟻《あり》の巣穴のような通路に極彩色の店舗がたち並んでいる。オープンカフェ、洋服店、ミュージックショップ、クレープ屋、雑貨屋などだ。

そこを最も巣穴らしく見せていたのは、埋めつくした少年と少女たちだった。兵隊蟻のように見分けがつかない。短いスカートをはき、浅黒い肌に蛍光色の化粧品を塗り、脱色した髪を垂らしている。少女たちよりもむしろ少年の方が個別できるくらいだった。服装も化粧も髪型も、「少女」という記号を表わしているだけのものだ。明らかに私は異物だった。目立つことは目立ったろうが、敵意を向けられたわけではない。彼らにとって私は透明人間だった。うざがられる存在ですらない。

私は裏道の石段を途中で折れた。そこは道とすら呼べない、ビルとビルの壁のすきまだった。そのすきまだけは二十年前と同じく、暗くて小便の匂いがし、人通りがなかった。折れまがったすきまを進んでいくと道玄坂につきあたることができる。かつてはドブ鼠《ねずみ》のように走り抜けていた。

つきだした換気扇《かんきせん》の排気口の下にこびりついた黒い油のかたまりすら昔通りだった。ただしその中身はゴマ油からオリーブオイルにかわっていた。記号の少女たちは、ラーメンよりパスタを好むというわけだ。

壁の切れ目に先客が隠れていた。私がそこを曲がったとたん、とびだしてきた。記号のひとつにしか見えないいでたち――チェックのスカートと白いブラウス、腕まくりした紺のセーター、紫外線ランプでまっ黒に焼いた肌に、縞《しま》模様のメッシュを入れた髪。

顔の造作など気にしなかった。ただ私を見すえる目の中には刃物が潜んでいた。憎しみと怒りと恐怖の形をした刃物だ。そして私に向けてつきだされた両手には、およそ似つかわしくない、大型のオートマチック拳銃が握りしめられている。

ニッケルメッキを施《ほどこ》した銀色のベレッタだった。モデルガンでもエアガンでもないことは、向けられた銃口をのぞきこんだとたんにわかった。

「何の真似だ」

私は立ち止まりいった。少女はリュックを背負い、両足をわずかに開き、両手でベレッタをホールドしていた。くるみ材のグリップに指が巻きつき、ダブルアクションのトリガーに紫色のマニキュアをした人さし指がかかっている。

拳銃を握っていようといなかろうと、私は前へ進むことはできなかった。通せんぼをされている。

「殺すよ」

少女は私を見すえたままいった。

「あたしは帰らないから」

絶対に外れない距離だった。五十センチと離れていないし、ホールドは完璧だ。しかたなくいった。

「撃たないでくれ」

少女は私をにらみすえ、肩で息をしていた。張りつめてはいるが、すぐに切れそうなほどではなかった。白眼が勝った鋭い瞳《ひとみ》に狂気は感じられない。

「何が欲しいんだ」

「あたしを放っとくこと」

少女の声はかすかに嗄《かす》れていた。本来のハスキーヴォイスなのか、叫び疲れて嗄れたものかはわからない。

「放っておこう。俺をいかせてくれたら」

強くかぶりをふった。

「駄目。あんたは知らせるから。だから殺すっきゃない」

一瞬強く唇をかんだ。泣きだしそうなのをこらえているようにも見えた。

「誰に知らせるんだ？　俺は何も関係がない」

少女の目がわずかにみひらかれた。中央に瞳を浮かべた白眼は、青みがかるほど澄んでいる。

「――あんた、ちがうの」

私は小さく頷いた。

「誰かとまちがえているようだ。俺はただの通りがかりだ」

「嘘。こんなとこ……こんなとこ、誰も通らないよ」

強い猜疑心《さいぎしん》がこもっていた。

「二十年前からこの道はある。お前よりはるかに俺のほうが通っている」

少女の目が一瞬、私の顔を離れた。拳銃を叩き落とすなら今だ、と思った。だがしなかった。失敗して撃たれるのを恐れたからだった。撃たれても不思議がない相手だったら恐れずそうしていたろう。こんな少女に撃たれるのだけは納得がいかない。それも二十年ぶりに足を踏み入れた街で。

そのとき洋服の生地がコンクリート壁をこする音が背後から聞こえた。ふりかえると、迷彩色のジャケットを着た半大人のひとりがまっしぐらにつき進んでくるところだった。

少女に目を戻した。間一髪だった。銃口はそれていたが指が引き金を絞りかけていた。

ためらわず右手で拳銃をつかんだ。ハンマーを押さえ、撃針を叩けないようにした。

「撃つな！」

少女がふりほどき、私の手がハンマーを離れた。耳を聾《ろう》する銃声がして、コンクリート壁を弾丸が削った。私の右肩から二十センチと離れていない場所だった。私は少女の右腕をつかみ、のしかかった。

「やっぱりそうじゃないか！　やっぱりそうじゃないか、クソ野郎」

少女はもがきながら叫んだ。倒れたまま私の顔に銃を向けようとする。それを再びつかんだ。

「何をいってるんだ！」

少女の目が丸くなった。私の背後に向けられていた。肩ごしにふりかえると、大柄な半大人が巨大なサバイバルナイフをふりかぶったところだった。私の背中と少女の体を串刺しにできるほど長い刃がある。

ためらわずにベレッタを奪いとり、撃った。顎のま下に命中した。真紅の噴水がふきあがり、私や少女の体にふりかかった。半大人はよろめき、一、二歩後退して、尻もちをついた。

私は立ちあがった。半大人は口をパクパクさせながら右手を喉にあてがっていた。左手のナイフがガチガチと地面を叩いた。

少女が不意に走りだした。私は追いすがった。リュックをつかみ、ひきずり倒した。

「待て！」

「離せよ、馬鹿野郎！」

少女がもがいた。前方にビルのすきまの出口が見えていた。いきかう通行人が見える。銃声に気づいてこちらをのぞきこんでいるような気配はない。

「いったいどういうことなんだ」

「離せってば、馬鹿！」

長くのばした爪で私の顔をひっかこうとする。

「その格好で表にでる気か！　血まみれだぞ！」

私は小声で怒鳴った。少女の動きが止まった。自分の顔を指先でさわった。まだ乾いていない血の滴に気づくと、あわててリュックを肩からおろした。しゃがみこみとりだしたコンパクトで顔を見て、息を呑んだ。キティの絵が入ったハンドタオルで頬をこする。

「あ、あいつは？」

私の背後にのびあがった。

「死んだか死ぬだろう。助からん」

少女のタオルを動かす手が止まった。

「そいつを貸せ」

私はいってコンパクトとタオルを奪った。

「返せよ馬鹿野郎！　あたしんだよ」

「返してやるよ」

私はいい返し、コンパクトで自分の姿を確かめた。私は、血の大半をコートにかぶっていた。黒のステンカラーなのでざっとふけば目立たない。

私はコンパクトとタオルを少女にさしだした。コンパクトだけを少女はスカートのポケットにしまった。タオルには顔をしかめ、いった。

「きたない！　捨てていいよ」

「ここに捨てたらお前が困る」

私はいってコートのポケットにつっこんだ。少女の表情が少しだけ変化した。

「あんた何？」

「いい質問だな。拳銃を向ける前になぜ訊かなかった」

「だって、てっきりあたしを追っかけてるんだと思ったんだもん」

口を尖らせた。

「じゃ訊くが、そのあたしはいったい何だ」

少女の目に刃物が戻った。

「関係ないね」

私は少女の顎をつかんだ。顔をひきよせ、いった。

「ああ、関係ない、確かにな。だがその関係ないお前のために、俺は人ひとり殺した」

少女は私の言葉など聞こえていないかのように、私の目を鋭く見返した。不意に憎しみのスイッチが入ったのを私は感じた。

「じゃあどうするってんだよ。警察にいくのかよ」

「ふざけるな」

まちがいなく、まずいことになっていた。仕事でもないのに、私は人を殺し、トラブルに首まで漬かっている。

「とにかくここを離れるぞ。お前は追われているのだろうが」

さすがにその言葉にはいい返してこなかった。立ちあがり、前へ歩きだした。通路をでる直前、立ち止まった。コンパクトをとりだし、再び顔をのぞいた。今度は血の染みではなく化粧の具合が気になるようだった。

「早くいけ」

私はいった。

「待ってよ、うるせえな」

前髪のあたりを気にしながらいい返してくる。年齢だけでなく、生まれ育った惑星もちがうかもしれない。

表通りにでると少女の右肘をつかんで歩いた。道玄坂を早足で登った。例の半大人がひとり立っていた。携帯電話に話しかけている。百メートルほど歩いたところで、二人組の半大人が道の両側に立っているのが見えた。

私は少女の肩に手を回し、右にあった道へ折れた。ホテル街へとつづいている。

二人組に気づいていた少女が、

「入ろ」

と小声でいった。私たちは無言でラブホテルの玄関をくぐった。

2

部屋に入って少女がまずしたのは、携帯電話を調べることだった。着信が可能かどうか、メールが入っていないかどうか、確かめたのだ。

それからため息をつき、ベッドに腰かけると煙草をくわえた。

私は小さなラブチェアにかけ、少女を見つめていた。

少女は何もいおうとはしなかった。突然立ちあがり、備えつけの冷蔵庫からコーラをだすと、ラッパ呑みした。

「いくつだ、お前」

私は訊ねた。

コーラ壜《びん》から口を離し、答えた。

「十七」

「あいつらは何なんだ」

少女の目は私ではなく、ホテルの壁に向けられていた。答えるようすはない。

私は立ちあがり、くわえているコーラ壜をはたき落とした。

「何すんだよ」

「訊かれたことに答えろ。何者なんだ」

「関係ねえだろ」

ふてくされたように少女はいった。

「関係ないってのか。俺は――」

「わかったよ！」

少女は吐きだした。不意にセーターをまくりあげ、脱いだ。ブラウスのボタンに手をかける。前をはだけると、レースの入ったブラジャーが露わになった。

「やらしてやるよ。いいだろ、それで」

私はといえば呆然《ぼうぜん》とつっ立ったままだった。ブラジャーは細身の体に似合わず、大きく盛りあがっていた。

ブラウスも投げつけるように脱いだ。スカートに手がかかったところでいった。

「小便くさい体に興味はない」

きっとなって私を見た。鼻で笑った。

「無理しちゃって……」

私は無言で少女を見つめた。見返してくる少女の目から笑みが消えた。再び憎しみと怒りだけに染まった。

「――金なんかないからね」

吐き捨てるようにいった。目をそらしたのは私の方だった。

生きのびる知恵もなければ経験もない。あるのは小ずるさと憎しみと警戒心だけ。

「名前は」

「カズキ」

「よし、カズキ。この拳銃はどこで手に入れた」

私はベルトにはさんでいたベレッタを抜いた。

「返せよ」

「駄目だ、こいつは処分する」

「なんで!? あたしんだろ」

「こいつは人を殺《や》った銃だ。もってりゃ犯人だと白状するようなもんだ」

いわれてカズキは口を尖らせた。

「オヤジんだよ」

「オヤジ? 父親か」

頷《うなず》いた。私は銃を見つめた。安物ではない。中国製のトカレフコピーとはわけがちがう。やくざだとしても、そこらのチンピラではないようだ。

「なぜ父親の銃をお前がもってる」

「オヤジを殺したから。逃げるときにもってきた」

「おそれいったね。この銃でやったのか」

「ナイフ」

「あいつがもってたような馬鹿でかい奴か」

首をふった。

「友だちがくれた奴。ボタン押すと飛びでるの」

「なんで殺した？」

「やろうとしたからだよ、あたしのことを。あのクソオヤジが」

「おっ母さんはいるのか」

「いるよ。オヤジには何にも逆らえない」

「よくある話だな」

「そうだよ！　だから返せよ、そのピストル」

「オヤジはやくざか何かか」

「ちがうよ。工場やってんだよ」

「何の」

「知らねえって、お袋がオヤジとくっついたの、去年だもん」

「実の父親じゃないのか」

頷いた。

「あいつらは？」

「オヤジんとこの従業員」

「工場で働いてるってことか」

「そう」

新たな煙草をくわえた。

「なんでそれがお前を追っかけ回してるんだ」

「知らない」

「まともに会話する気あるか」

私がいうと、カズキは怒りの視線を向けた。

「なんだよ、してんじゃねえかよ」

「助かりたいと思ってないのか、お前」

「逃げるしかないじゃねえかよ。オヤジ殺っちまったんだからさ」

「いつの話だ、それは」

「おとついの夜だよ。夜中の一時くらい。あたしが帰ってきたら、いきなり部屋で待ってやがって、あたしのことやろうとしたんだよ。頭にきたから、背中ナイフでぶっ刺してやって、オヤジの部屋から金とそれもって逃げたんだよ」

私の手の銃をさし、いった。

「きのうの晩はどこにいた」

「ゲーセンとクラブいって、それから喫茶店《サテン》」

「これからどうするつもりだったんだ」

「友だちにわけいって逃がしてくれないか頼んでる。チーマーのアタマ張ってる子で、やくざとかにも顔きくから、何とかしてくれるって」

「何とかって？」

「どっか外国」

馬鹿か、という言葉すらでなかった。

「お前の家というのはどこだ」

「綾瀬《あやせ》」

「足立《あだち》区のか」

頷いた。

「工場てのも綾瀬か」

「ちがう。千葉だか埼玉のどっか。オヤジは車で通ってたから」

「足立区で殺人があったなんて新聞には載ってなかったぞ」

ぽかんとした顔になった。私は携帯電話をとりだした。五時を回っていた。沢井は店にでている頃だ。

沢井が電話にでるといった。

「一昨日、綾瀬で殺しがあったか」

「一昨日？　待って下さい」

沢井は経済紙も含めて、四紙の新聞を丹念に読んでいる。商売熱心だからだ。もちろんバーのマスターの方の商売ではない。

「――載って、ないですね。被害者の名前は？」

「名前は何てんだ、オヤジの」

私はカズキに訊ねた。

「室田《むろた》典男《のりお》」

「室田典男」

電話にくり返した。

「載ってないすね」

「わかった」

「仕事ですか」

「ちがうな」

「なんだ」

がっかりしたような沢井の声を聞いて、電話を切った。

「やはり新聞にはでていない」

カズキはぼんやりとした表情になった。

「じゃ、何だよ……」

「お前の父親のところの従業員は、皆ああいう連中なのか」

「ああいうって？」

「いきなりナイフで切りつけてきた」

「ああ……。あんなんばっかりだよ。気色悪いのばっか」

電話が鳴った。カズキの携帯だった。いくつもぶらさげられたアクセサリーのひとつが赤く点滅をしている。

「――はい。あ、あたし、カズキ。どうなった？」

うん、うん、と頷いていた。

「今？　今ね、ラブホ。ちがうって、そんなんじゃないって。オヤジんとこの社員が見張っててっから逃げこんだの」

ちらりと私を見ていった。

「えっ、名前？　何だっけ、『オアシスクラブ』。えっと、六〇一号室」

キィをひきよせた。

「何分？　十分？　わかった、待ってる」

電話を切った。

「消えた方がいいよ、おっさん。今から友だちくるから」

「友だちってのは例のチーマーか」

「うん。あたしのこと逃がしてくれる先輩もいっしょだっていうし……」

強気をとり戻していた。

「狩られても知んないよ、こんなとこいて」

私は頷いた。

「とにかくピストルおいてってよ」

「こいつは俺が処分する」

「駄目だよ、約束してんだから」

「約束？」

「先輩にそのピストル渡して、逃がしてもらうことになってんだよ。友だちもそれ確認してたんだから」

私は横を向いた。

「おいてってってば」

拳銃からマガジンを抜いた。薬室に入っていた一発も抜く。弾丸だけをポケットにしまい、銃の指紋をぬぐった。

「弾丸はもらっておく、いいな」

カズキは頷いた。

銃をテーブルにおき、部屋をでた。カズキはさよならとさえいわなかった。ぼんやり煙草を吸っていただけだ。

廊下の端に道具置場のような小部屋があった。そこに入って待った。
五、六分ほどするとエレベータが六階にあがってきて止まった。複数の足音がして、ドアをノックする気配があった。
俺だよ、という声が聞こえ、ドアが閉まった。私は小部屋を抜けだした。何を馬鹿なことをやっているのだろうと思った。帰って風呂にでも入り、金にならない殺しのことはさっさと忘れて趣味の世界に浸るべきだ。

ドアの前に立った。

「――だよ、約束がちがうじゃん」

カズキの声が聞こえた。

「いいからさ、とりあえずもってきたし……」

若い男の声がいった。

「上物だ。そこらのクラブでイラン人が売ってんのとはわけちがうぜ」

少し年配の男の声だった。

「ポンプ使うの嫌いなんだって」

「じゃ炙《あぶ》りゃいいじゃん。もったいないけど――」

私は顎の先をかいた。ポンプとは注射器のことだ。ドアの向こうが静かになった。しばらくすると喘ぎ声が聞こえてきた。お楽しみが始まったのだ。カズキの悲鳴に似た叫び声も混じった。私はエレベータに乗り込んだ。

ラブホテルでは男の客だけが先に帰ることを警戒する。だが地回りのやくざが入っていった部屋の客となると話は別のようだった。金を払わずに私がでていこうとしても、窓口の人間は何もいわなかった。

ホテルの駐車場に、黒のメルセデスが止まっていた。スモークシールを貼りめぐらせている。ナンバーは練馬だ。

パトカーのサイレンは聞こえてこなかった。半大人の死体はまだ見つかってないようだ。私は待った。

一時間後、カズキと二人の男がラブホテルの駐車場に現われた。男のひとりはまだ二十前で、もうひとりは三十そこそこといったあたりだった。若い男は髪が長く、ピアスをつけている。

「どこ逃がしてくれんの。ハワイ?」

カズキが話しかけた。

「いいから乗れよ」

すっきりした表情のやくざがメルセデスのドアを開けながらいった。長髪がカズキの肩を押した。

「だって……。教えてくれたっていいじゃん」

カズキが甘えるように唇を尖らせた。やくざが鼻で笑った。

「どこもいかねえよ、お前は」

「何それ、どういうこと」

「家へ帰るの。お父っつあんが心配してんだから――」

カズキが長髪の腕をふりはらった。

「何だよそれ!　どういうことだよ」

「お前のオヤジさんな、うちの組とも取引があんだよ。だからちゃんと連れて帰んねえと、俺のエンコが飛んじまう」

長髪がカズキをうしろから羽交い締めにした。

「だましたな、畜生！　やらしてやったのに――」

「騒ぐなよ。いいじゃねえか楽しんだんだから」

長髪がもがくカズキを抑えこみながら耳元でいった。

「放せよ馬鹿野郎！」

私は隠れていた別の車の陰から立ちあがった。お、とやくざが低い声をたてた。

「何見てんだよ」

長髪がすごんだ。バタフライナイフが右手に現われた。

「消えろよ、おっさん」

カズキが無言で私を見つめた。

「助けてほしいか」

私はいった。

「何いってんだ、この野郎」

やくざがメルセデスのドアを閉め、私に近づいてきた。

カズキが無言で頷いた。

「ちゃんと言葉にだしていえ」

やくざはポケットに両手を入れたまま私に歩みよってくると、回し蹴りを放った。

それを左腕で払い、軸足を蹴った。駐車場にやくざは転がった。

「いえ！」

「助けてよっ」

カズキが叫んだ。

立ちあがろうとしたやくざの左手の甲を左足で踏み、右足で顎を蹴った。頭を床に叩きつけ、やくざは大人しくなった。

「何だよ、この野郎、刺すぞ――」

長髪が青ざめた。

「刺せよ」

私はいって長髪から目を離さず、やくざのジャケットをはだけた。腰にベレッタがさしこまれていた。私がそれを抜きとった瞬間、無言で長髪は逃げだした。

ぼんやりとつっ立っているカズキに歩みよった。

「いこう」

「どこへ」

まだ覚醒剤が効いている目だった。

「いいからこい」

私はいってカズキの腕をつかんだ。

3

馬鹿ついでにカズキを私の借りている部屋のひとつに連れていった。住んでいる部屋ではない。仕事で必要になったときに使うワンルームマンションだ。架空の会社名義で借りてある。広尾《ひろお》にあった。

「ここに住んでんの」

ソファベッドとテーブル以外何もない部屋に入るとカズキはいった。

「いや」

私はそっけなく答えた。カズキはロビーの自動販売機で買った缶ジュースを飲んだ。

「――ずっと駐車場で待ってたんだ」

私は答えず煙草を吸っていた。

「なんで？　ねえ、なんで？」

「あんまり馬鹿だからだ」

カズキの目は、だが鋭くはならなかった。

「名前何ての、おじさん」

「ジョーカー」

「何それ」

けらけらと笑った。腹は立たなかった。笑顔は驚くほど人なつこかった。

「オヤジのところから金も持ちだしたといったな」

笑顔が消えた。

「いくらだ」

「なんでよ」

「俺が逃してやる。さもなきゃ何とかしてやる」

「何とかするって？」

「追われないようにしてやる」

「――十万くらいならある」

私は無言でカズキがかたわらにおいたリュックをとりあげた。

「何すんだよ!?」

叫んであわててとり戻そうとするのをふりはらい、逆さにした。化粧品やぬいぐるみ、布袋に混じって百万の束がふたつ床に落ちた。カズキがあわてて拾いあげた。

「ひとつよこせ」

私はいった。カズキはかぶりをふった。

「俺はプロだ。着手金が百万」

「頼んでねえよ」

胸に札束を抱えていた。

「じゃあでてけ。やくざはお前のオヤジとつきあいがある。つまりお前の大好きな渋谷の街だって安全じゃないということだ。今頃、あのわけのわからん連中だけじゃなく、やくざやチーマーもお前を捜してる」

「あんたなんか信用できないね」

「好きにしろ」

私は目でドアを示した。カズキは私をにらんだ。私たちは無言でにらみあった。

カズキは胸の前から両手を離した。右手の束と左手の束、どちらが惜しいだろうというように見比べ、右手の束をさしだした。私はひったくった。

「俺の仕事が終わるまでここにいていい。ただし携帯電話の電源は切っとけ。どこにも電話はするな。わかったか」

カズキは信じられないといった表情で私を見つめていた。

「わかったか」

私はくり返した。こくんと頷いた。

「そのソファの下に毛布が入ってる。コンビニが近所にあるから食事を買え」

私はいってドアに歩みよった。

「待ってよ」

カズキが呼び止めた。

「何だ」

「しないの?」

「何をだ」

訊き返すと、目に怒りがきらめき、ふんとそっぽを向いた。私は部屋をでていった。

六本木のバーに着くと、紙袋にいれたベレッタと百万を沢井に渡した。客はいなかった。

「やっぱり仕事だったんじゃないすか」

沢井は嬉しそうに帯封を切り、枚数を数えながらいった。

「こいつは――」

紙袋に手をやり、中身に気づいたらしく渋面になった。

「とりあえず預かっておいてくれ。かわりに俺のをくれ」

沢井はため息をつき、カウンターの下の金庫に金とベレッタをしまいこんだ。私の三十八口径をだした。

「ここんとこ使いすぎですよ。使うたびに新しいの仕入れてるんすから……」

答えず私は銃をしまって立ちあがった。

「クライアントは？」

沢井が訊ねた。

「広尾の部屋にいる」

「じゃあそのぶんもらわなきゃ」

沢井は嬉しそうな顔になった。

「あれは俺が借りてる部屋だ。それにこの件じゃ、着手金以上の金は入らん」

沢井の幸福が吹きとんだ。

「なんでそんな貧乏人、拾ったんです」

「なりゆきだ」


翌朝綾瀬に向かった。カズキの自宅の住所は控えてあった。あたりでは一番の邸宅だった。ガラス片を植えこんだブロック塀に囲まれている。鉄製の門扉の支柱にはテレビカメラがとりつけられていた。一時間ほど止めた車の中から観察したが出入りする者はなかった。

夜まで待って忍びこもうか思案していると携帯電話が鳴った。つきあいのある新宿の人間だった。

「悪いのとことをかまえたらしいな。喜んでる奴が大勢いるぜ」

「何の話だ」

「おや。ジョーカーって名前、譲ったのか」

嫌な予感がした。

「説明してくれよ」

「お前がえらい奴を怒らせたって話だ。お前のことを調べるように、うちの連合にも話が降りてきてる。おそらくよそも同じだろう」

「どこから降りてきたんだ」

「上の方さ。怒ってるのは、どこの組ともつきあいがある大物らしいぜ。政治家か？」

「いや、ちがうな」

「妙だな。あんなあちこちに顔がきくのは政治家くらいのものだろうが」

「調べられないか」

「ちっとまずいな。今度ばかりはお前も年貢の納めどきかもしれん。かかわりたかないね」

「埋めろと指示がでてるのか」

「まだだけど時間の問題だろう。どうだ、長年のよしみで俺に首をよこさねえか。痛くないようにやってやる」

「考えておく」

いって電話を切った。男は殺しのプロだった。組うちの殺しを請けおうグループにいる。

大きな組は、どこでもそうした部門をひとつやふたつ抱えている。殺しの専門集団を飼っているのだ。鉄砲玉や見せしめで企業の総務を狙う連中とはちがう。こっそりさらって息の根を止め、場合によっては死体すら処理してしまう。やくざにも、表の殺しと裏の殺しがあるのだ。

室田典男は、そうした専門集団全般に顔がきくと、男はいったのだ。企業舎弟の大物というのでもなさそうだった。それならひとつの組なら動かせるかもしれないが、あちこちのそうした連中を動かすのは不可能だ。

思いつくのは確かに政治家くらいのものだった。しかし室田という議員は足立区にいない。

私は広尾まで車を走らせた。カズキはまだ眠っていた。朝方食べたらしい弁当の残《ざん》骸《がい》がワンルームの流しにあった。ソファベッドの枕もとには、ペットボトルのジュースや菓子の袋が散乱していた。

「起きろ」

私が明りをつけていうと、呻き声をあげた。毛布をめくった。パンティとブラジャーだけの姿だった。

「したくなったのかよ」

猫のように体をくねらせ、カズキはいった。甘酸っぱい体臭とコロンの香りが混じって鼻にさしこんだ。

私は黙っていた。

「あたしさ、ガキに見えるけどうまいんだよ、本当は」

にっと鼻先に皺《しわ》をよせて笑った。まぶしそうに私を見上げた。

ベッドのかたわらに携帯電話が落ちていた。

「誰に電話した」

上半身を起こした。体を隠す気配はない。

「何が」

「何がじゃない！　俺のことを誰に喋った」

目の上にかぶった髪の内側から私を見つめていた。

「――友だち」

「きのうのあの長髪《ロンゲ》か」

「まさか。あいつには頭にきてんだよ。だから相手にすんなって友だちにいったの」

「それでべらべらと俺のことまで喋ったのか」

「別にそんなんじゃないよ。ジョーカーっておもしろいおじさんに助けられたっていったただけじゃん」

「いいか」

私はカズキの細い腕をつかんで立たせた。

「お前のその下らんお喋りのおかげで、東京中のやくざが俺を狙ってるんだ。きのうお前のボーイフレンドが連れてきたようなチンピラじゃない。本物の、殺しを商売にしているような奴らが、だ。つまり、お前のその電話友だちはさっさとお前のオヤジに俺のことを知らせたってわけだ」

「嘘。マジ、それ、ちょっと」

カズキは髪をかきあげた。

「マジだ」

「なんでオヤジが……」

「俺が訊きたいね。お前のオヤジは何者だ」

「だからいったじゃん。工場やってるって」

「何の」

「知らないよ。前に聞いたけど忘れち――」

「思いだせ！」

カズキは黙った。

「――なんか、肥料だとかお袋がいってたような気がする。化学肥料とかそういう奴」

まっ先に頭に浮かんだのは、覚醒剤《かくせいざい》の密造だった。だがしゃぶは今、輸入品が安く、値も安定している。それにあちこちの組に顔がきくということも変だ。

「やくざとのつきあいは？」

「知らない。家には社員以外、仕事の人間こないから」

「社員はよくくるのか」

首をふった。

「たまに。臭いからあいつら。お袋が嫌がる」

「お前のおっ母さんはどうしてオヤジと知りあった」

「錦糸町《きんしちょう》でスナックやってて。オヤジが客できた」

「お前の家までいってみたが、すごく立派だったたな。工場は従業員がたくさんいるのか」

「十人かそこらだよ。オヤジだって、いつもきったねえカッコしてるもん。臭いしさ」

顔をゆがめた。

「あの臭いのにのっかられて、ほんと死ぬかと思った。田舎者」

「お前の本当のオヤジは？」

「知らない。あたしがガキんとき離婚したから」

「今でもガキだ。セックスさえすれば大人だと思ってるのか」

上目づかいで私をにらみつけ、腕をふりほどいた。

「金払ったんだからね。仕事しろよな」

「偉そうな口を叩くな。お前が足をひっぱっているんだ」

「じゃあ金返せよ」

「たった百万で何ができると思ってる。いいか俺を追っかけている奴らはな、一千万、二千万で殺しを請け負うんだ」

「それならソープにでも売りゃあいいだろ。稼いでやるよ」

「それよりオヤジのところへ連れていった方が楽だ」

表情がこわばった。

「お前のオヤジは死んでない。それどころか俺の名前も知っていて、今は俺も捜している。二度と電話なんかするな、わかったな」

刃物の目で私をにらみつけていた。

「連れて帰る気かよ」

「金を受けとったら仕事だ」

私は歯をくいしばりいった。

4

カズキの父親のことを調べる他なかった。私は仕事用の車で渋谷の街に向かった。路上に車を止め、半大人を捜した。二十年前、同じようにこの街をうろついた。トラブルを求め、血を沸かせるできごとがないかと期待して。血を流し、流させ、いっぱしの大人になったつもりでいた。この街が嫌いなのは、それをきれいな思い出にする価値を与えてくれなかったからだ。初めて人を殺したのもこの街だった。

カズキが渋谷を選んだのは、記号のひとつとしてそこに埋没《まいぼつ》できると信じたからにちがいなかった。そしてそれはまちがってはいなかった。ただ渋谷を選ぶことを、追っている側も知っていただけだ。

ガキの知恵とはしょせんそんなものだ。最良の選択と最悪の選択がいつでも隣りあわせであることを知るのは玄人《くろうと》だけだ。

昼過ぎになってようやく半大人が現われた。きのうと同じように公園通りや宇田川《うだがわ》町《ちょう》に散っている。私が殺した半大人の死体が発見されたようすはなかった。妙だった。確かに人は滅多に通らないが、何日も発見されないですむ場所ではない。それに帰ってこない仲間に異常を気づかぬ筈はないのだ。

結論はひとつだ。半大人のグループが死体を回収したのだ。騒ぎにせず、渋谷から運びだした。

渋谷の街に散った半大人たちは忍耐強く、カズキを捜していた。夕暮れになり、さらに人通りが増えた雑踏で、瞬きもせずつっ立っている半大人の姿は目についた。私はあまり顔を合わせることがないよう用心しながら待った。

夜になり、さらに時間が過ぎた。

午前一時、ようやく半大人たちに帰還命令が下った。旧山手通りと玉川通りの交差点に止まったステップバンにひとりの半大人が乗りこんだ。私は急いで自分の車に戻った。ステップバンの近くに車を止め、待っていると、次々に半大人がやってきて乗りこんだ。

ステップバンは六人の半大人を収容すると発車した。ナンバーは足立で、クリーム色のいかにも営業車という趣《おもむ》きのある車体をしている。

渋谷から首都高速三号線に登った。環状線を抜け六号三郷《みさと》線に入る。常磐《じょうばん》自動車道にそのまま流出し、流山《ながれやま》インターで一般道に降りると北に向かった。

千葉と埼玉の県境となっている江戸川に沿った道をステップバンは走った。

私はときおりヘッドライトを消して尾行をつづけた。交通量の少ない田舎道では、夜の尾行は容易に勘づかれる。

道路沿いにぽつぽつと家が建つ他は畑のつづく道だった。やがてステップバンは川の方角へと向かう細い道を左に折れた。私はその道を通りすぎて車を止めた。

地図によると江戸川までの距離は五百メートル足らずだった。地図にない橋があるのでなければ、ステップバンの目的地はこの地点と江戸川のあいだのどこかということになる。

それが半大人のうちの誰かの住居なのか、全員の住居なのかはわからなかった。だが服装の類似や妙に虚ろな連中の表情を考えると、彼らはばらばらではなく一ヵ所にかたまって生活しているような気が私にはしていた。

「工場」が何を業務にしているにせよ、暴力団と深いかかわりのある仕事なら、従業員をある種の寮に閉じこめておいた方が秘密は保たれる。

やはり薬の密造なのだろうか。渋谷の街でひとりとすれちがったときに嗅いだ強い酸の匂いを思いだしながら私は考えた。しゃぶの製造過程では酸を使う。だがしゃぶの密造には十人もの工員は必要ない。せいぜい二人か三人がいれば充分だ。小分けして袋詰めにする作業なら小売組織の連中に任せればいい。

私はその場所を記憶して、東京に戻るべく車をUターンさせた。この先にあるのが工場にせよ寮にせよ、今からのこのこ乗りこむのは愚か者のすることだ。


翌日、昼過ぎになって私は再び流山に向かった。前の晩走った道を辿り、ステップバンが入っていった農道を折れた。

二百メートルほど走ったところに高いブロック塀をめぐらせた施設があった。煙突の立った平屋の建物が内側にある。建物は横長で川に向かう形でのびている。

煙突からはかすかな煙がでていたが、悪臭は窓をおろした車内に流れこんではこなかった。

ブロック塀の切れ目にすきまのない鉄板のゲートがあった。

「危険　高圧電流使用施設　立入厳禁」と記されたプレートが掲げられている。ゲートの高さはブロック塀と同じだけ、二メートル以上ある。施設名はどこにもない。

内部のようすをうかがうことはまったくできない。道は少し先で行き止まりになっていた。葦《あし》の茂った湿地につきあたる。その手前、施設をとり巻く一帯は休耕地だった。

車をバックのまま農道の入口まで戻した。思案し、江戸川の対岸、埼玉県側に向かうことにした。一キロほど走ったところに橋があった。江戸川を渡り、川に沿って戻ると市営のグラウンドと河川敷《かせんじき》のゴルフ場がある。車を止め、高倍率の双眼鏡を手に河川敷に降りた。

川の幅は広いところで百メートルほどだった。対岸の施設に双眼鏡を向けた。ブロック塀は川に面した部分にも及んでいた。塀の外側は密生した葦で、淀んだ水面がすぐ近くまで迫っている。葦のすきまに灰色の物体が見えた。灰色をしたものはブロック塀の最下部から川の中までつづいている。塩化ビニールのパイプのようだった。

廃水を流すのが目的だとすれば、合法かどうかはともかく立地条件には恵まれている。

川の向こうにあるのがどんな施設にせよ、内部でおこなっていることをすべて秘密にできるだけの条件は整っているというわけだ。

人けのないグラウンドの隅に腰をおろし、煙草をくわえた。中に侵入するのは至難の業だった。脚立を使い塀をのりこえたとしても、内部には半大人たちがいる。

携帯電話が鳴った。例の新宿の知りあいだった。

「まだ生きているようだな。腹は固まったか」

明るい声で私に訊ねた。同じ声で、頭と胸、どちらがいいと殺す相手に訊ねるのを聞いたことがある。

「いや、まだだ。室田にはずいぶん手下がいるな。なぜ自分とこの人間にやらせない」

私は煙草の灰をコンクリートの護岸《ごがん》にこすりつけながら訊き返した。

「あれは預かりものだからさ」

「預かりもの？」

「だいぶ調べがついているようだから教えてやる。例の男の会社には、うちだけじゃなく色んなところから人がいってる。若い衆ばかりだ」

「幹部候補生か」

「ちょいとちがう。おいとくにはおいときたいが、組織の中で面倒を起こしそうな人間てのがいるだろう」

「そういうのを集めるのがやくざじゃないのか」

新宿の男は笑い声をたてた。

「今日び極道も、協調性って奴を求められる。オタクみたいのや狂犬は、一度調教にだすのが一番だ」

「調教？」

「形の上じゃ研修だの行儀見習いだのということになってる。室田のところで一、二年勉強させるとだいぶ扱いやすくなるって話だ」

「何を勉強させるんだ？」

「おいおい、それすら知らないで奴《やっこ》さんとことをかまえたのか」

「てことは、あんたは調べてくれたってわけだ」

「最初から知ってたよ。とぼけたまでだ」

「そんなことだろうと思った」

私は煙草を踏みながらいった。

「で？」

「で、とは？」

新宿の男は訊き返した。

「室田のやってることとさ」

「そいつは教えられねえな。トップシークレットだ。だがそのおかげで、俺たちは仕事に精だせる。どこの組も奴には頭が上がらないだろうな」

「どこの組もとは奇妙だな」

男は笑った。

「考えてみな。もしかするとお前さんもあそこの世話になるかもしれないぞ」

電話は切れた。

私は立ちあがると、車に乗りこみ綾瀬に向かった。室田典男の自宅近くに車を止め、ようすを見守ることにした。六時間ほどをそこで過ごしたが、出入りする人間は皆無だった。

妙だった。それほど多くの暴力団とつきあいがあるのなら、人の出入りがもっと頻繁にあっていい。新宿の男の言葉ではないが、今どきの暴力団は、始終会議だの連絡調整をおこなっている。なのに室田の自宅にはまったく人の出入りがない。ひっそりとしていて、家の人間すら姿を見せないのだ。

広尾のワンルームに車を走らせた。カズキは部屋でおとなしくしていたようだった。弁当の残骸が増え、少女漫画誌がそれに加わっている。まるで片づける気はないようだ。

「お前のオヤジだが、やくざと相当つきあいがあるようだな」

「知らないよ、あんな奴のことなんか。それよりいつあたしを逃してくれんの」

カズキは鼻の頭に皺をよせていった。

「もう飽きたよ、ここ。ねえ、ちょっとくらい遊びにいったっていいでしょ」

私はカズキを見つめた。

「お前のオヤジの正体がわからない。どんな男だ」

「別に。さえないオッサン。チビでデブ」

「だが拳銃をもってた」

「もらったんだろう。商売の相手に」

「商売？　何のだ」

「だから知らないって。お袋は肥料だとかいってたけど、オヤジはちがうことといってた」

一度では多くのことを思いだせない頭らしい。

「何といったんだ」

「忘れた」

私は息を吐いた。ベッドに腹ばいになり、漫画をめくりながら私の問いに答えている。あいまにスナック菓子をつまむのだった。

「そうだ！」

不意に体を起こし、私を見た。

「うちのオヤジのこと殺してよ」

さも名案を思いついたという表情だった。

「ねえ、あのピストルでさ、撃っちゃえばいいじゃん。おじさんプロなんだから」

「俺は殺し屋じゃない」

そのとき私の携帯電話が鳴った。

「――もしもし」

沢井の声だった。

「どうした、店が暇か」

「いや。今、店じゃないんです」

声に元気がなかった。嫌な予感がした。

「どこだ」

「ちょっと代わります」

沢井がいって、訛《なま》りのある中年男のしわがれた声が耳に流れこんだ。

「ジョーカーさんかい」

「おたくは？」

「室田って者だよ」

「おやおや」

私はいった。

「あんたのお身内をちょっとばかり預かってる。理由はわかってるな」

「いや、わからないね」

「あ、金庫にあったあたしの金とオモチャはとり返させてもらったから」

室田はおだやかな口調でいった。

「じゃあますますわからないな」

しゃがれた笑い声を室田は聞かせた。

「ませた娘だからね。何かい？　もう、うちのとはしたのかい」

「血はつながってなくても、考えることは同じようだな、おたくら親子は」

再び笑い声をたてた。

「そうだろ。なのに食わせてやってるあたしにはちっともさそうとせんのだよ。困ったもんだわ」

「何の用だ」

「娘を返してくれんかね。母親が心配しとるのでね」

「家においた方がもっと心配なのじゃないか」

「それはほれ、身内の問題だから。あんたが心配せんでもいいことよ」

「いっておくがそこにいる奴は、俺の身内でも何でもない。そう本人はいわなかったか」

「そうらしいね。まあ商売の関係ならそういう建前もありだろうがね。だがいずれにしても、あんただって寝覚めが悪いでしょう。見殺しにしたとあっちゃ」

「ずいぶん物騒なことをいうな」

「まあ、代わりますよ」

再び沢井がでた。

「すげえ気持悪いとこなんですよ」

「何がどう気持悪いんだ？」

「臭いし、何ていうか変なんです」

「店にきたのか、そこの人間が」

「ええ」

沢井はため息をついた。

「なんか俺らのことときっちり調べてあったみたいで」

「変な期待はしてないだろうな」

「いったんですけどね。俺をどうしようと助けにきてくれるほど甘い人じゃないって」

取り決めになっている。私は沢井のことを喋らないし、沢井も私に救いを求めない。

「だけど、俺とこの人の娘をとりかえっこてのはちょっとむごくないですか」

今度は私がため息をつく番だった。

「今いるのは工場の方か」

「ええ」

「何やってる工場なんだ。しゃぶの密造か」

「ちがうと思いますよ。消毒薬の匂いもするし……」

電話が移った。

「あたしの仕事はどうでもいいのよ。カズキを連れてきてくれんかなあ」

「考える」

「考えるったって、あんた――」

電話を切った。電源も切った。

カズキが私を見つめていた。

「どうしたの」

「お前のオヤジが俺の知り合いをさらった」

カズキははね起きた。

「嘘。マジ？」

「お前を連れていかないと、知り合いを殺すといってる」

カズキの表情が変わった。

「あたしを売るんだね」

「誰がそんなことをいった？」

「決まってんじゃんか。オヤジにはいっぱい社員がいるし、あんたひとりじゃ何もできない。そうだろ。ちがうかよ！」

すべての人間が自分を裏切ると信じた目だった。たぶん今までの人生がすべてそうだったのだろう。母親から始まって。

「ピストルと金返せよ！」

突然叫んだ。

「何に使う」

「あのオヤジ、ぶっ殺す。結局、自分しか頼りにならないんだよ。よくわかったよ！どいつもこいつも嘘ばっかりつきやがって」

憎しみと怒りと恐怖に絶望が加わっていた。私は目をそらせた。二十年前はそんな目ばかりを見ていたような気がした。

「待ってろ」

「嫌だね。金返してよ」

脱いでいたセーターを手にとり、散乱していた化粧品などをリュックに詰めこみ始めた。

「もういいよ、逃げるよ。あんたみたいの信じたのが馬鹿だったよ」

私は深々と息を吸いこんだ。沢井のいう通りだ。拾った野良猫と沢井を交換するのは、あまりに意味がない。裏切られつづけている人間なら、またひとつ裏切りのレコードが増えたと思うだけのことだ。室田はプロの世界の人間だ。カズキを渡せば、仕返しなどは考えないだろう。

「思いだしたよ」

不意にカズキが力のない口調でいった。

「何をだ」

「オヤジの仕事のこと。前に訊いたら、ゴミ処理だっていってた。ゴミが運ばれてくるから、それを処分するんだって」

やっと見えた。

「待ってろ」

私はくり返した。

「何を待つんだよ」

カズキは白眼の光る目で私をにらんだ。

「皆んなばっくれるときはそういうよ。待ってろって。それきりさ」

「じゃ好きにしろ」

私はいって、ワンルームの玄関に向かった。ドアを開けたとき、カズキが訊ねた。

「どこいくの」

「お前の知ったことじゃない」

私は答えた。

5

別の車を取りに寄ったので、流山インターを降りたときには午前二時を回っていた。その車を二十四時間営業のタワー式駐車場に預けて二年になる。月に一度だしてあたりを走り回る他は、月ぎめの契約料を払いつづけていた。

川沿いの施設へと向かう農道の途中で車を止めた。前後に車や人影のないことを確かめ、トランクを開けた。ずっと積んであった荷物をとりだし、助手席に移す。

荷物はキャンバス地のバッグだった。中にはH&K（ヘッケラーアンドコッホ）のMP5Sが入っている。サイレンサー装着のサブマシンガンとしては、最も高性能な銃だ。

日本で使う機会が訪れるとは思わずに保管していた。高いしいい銃なので、できれば処分したくはない。使えば処分することになるだろう。

九ミリ弾を装塡《そうてん》したマガジンを二本余分にもった。

バッグの中には暗視スコープとC4プラスティック爆薬も入っていた。スコープを首にさげ、少量の爆薬と信管をポケットに移した。

車を進めた。

農道には電柱が立っていて、施設までの電力を供給している。高圧電流使用施設というのはまんざら嘘ではないようだ。専用のトランスが最後の電柱には備えられていた。そこから車を加速させ、ギアをニュートラルに入れてエンジンを切った。惰性で走る車を施設のブロック塀のかたわらまでもっていき、ブレーキを踏んだ。

車を降りると、ドアを閉めずにボンネットの上にあがった。空のキャンバスバッグをブロック塀に植えこまれたガラス片にかぶせ、車の屋根から乗り移った。

施設の内部が見えた。平屋の建物の手前は焼却炉のようだった。電柱から引きこまれた電線が焼却炉に併設された変電設備にのびている。

建物は灰色のコンクリート製で装飾のない陰気なたたずまいをしていた。工事現場でよく見る白熱球が軒下の何ヵ所かに設置され、むきだしの地面を含む建物の周囲を照らしだしている。

焼却炉の前に、二台のリヤカーがあった。裏手には空の巨大なポリバケツがいくつも積みあげられている。

施設の内部を巡回している警備係がいないことを確かめ、塀の内側にとび降りた。かすかにぬかるんだ地面が爪先をめりこませた。

早足で焼却炉に近づいた。変電設備からは、大まかに二本の送電線がのびていた。ひとつは焼却炉で、もうひとつは建物内部にのびている。変電設備といっても、金網で囲ってあるわけではなく、電力会社の保安点検員が見たら目を回しそうなほど粗末な造りだった。

焼却炉に近づくと酸の匂いを嗅いだ。焼却炉そのものではなく、近くに積みあげられたポリバケツから漂ってくるのだった。

建物にのびた送電線のつけ根にある配電盤は、百葉箱のような木製の箱に入っていた。ポケットに入れていたプラスティック爆薬をその配電盤にしかけ、時限信管をさしこんだ。一分で起爆する。

平屋の建物の出入口は二ヵ所あった。ひとつは焼却炉に面した壁にある鉄扉で、そこから焼却炉までは、コンクリート板を二枚ずつ地面に埋めた〝通路〟がのびている。

もうひとつの入口は、鉄製の門に面していて、二枚扉の観音開きだった。門から扉まではコンクリート敷きの車寄せになっている。そこに車が二台止まっていた。例のステップバンと、古い年式のセンチュリーだった。どうやら室田はセンチュリーに乗っているらしい。

起爆まで十秒を切ると、私は両目を閉じ、建物の壁ぎわにうずくまった。

ポン、という音がして目を開いた。施設は闇に沈んでいた。暗視スコープを額からかぶり、H&Kを手にした。

少し待つと、焼却炉に面した方の鉄扉が開き、ライターを手にした半大人がふたり現われた。私は腰から上を狙ってH&Kを掃射した。胸を撃ち抜かれた二人が倒れると、建物の中に入った。

いきなり視界にとびこんできたのは、小型のプールのような水槽だった。コンクリート製で、二メートル四方の水槽が四つあった。うち三つは空で、あとのひとつには、木の蓋《ふた》がかぶせられてある。部屋の中には強烈な酸性臭が漂っていて頭痛を催すほどだった。

水槽の深さは五十センチあった。人間を漬けておくにはちょうどいい。

さらに半大人ひとりが正面の通路に現われ、私はその頭にも弾丸を叩きこんだ。

水槽の部屋を抜けると、正面入口に面したホールにつきあたった。病院で使うようなストレッチャーが四台、壁ぎわに並んでいる。

まっすぐにホールをつき進んだ。川に向かう形だ。

次の部屋はコンクリート製の打ち放しで、中央に切られた溝に向かって、床が傾斜していた。ステンレス製の台があり、その上に電動ノコギリがおかれている。

その先にある部屋との境の扉が開いていた。四人の半大人と、白い作業衣の上下をつけた男、それに椅子にすわった沢井の姿が見えた。

やはりライターの火を頼りにとびでてきた半大人たちをH&Kで片づけた。床に転がった半大人の死体からでた血は、傾斜を伝い、V字の溝に流れこむ。

「やめとけ」

ベレッタを闇雲にあたりに向ける作業衣の男にいった。カズキの言葉通り、小柄でまるまると太っている。髪も薄くなり、いかにも町工場の親爺という風貌だった。

室田は手にしていたベレッタをおろした。

「うちの人間は？　おい！　誰かいないのか!?」

建物には窓がない。電源を断たれれば、内部はまったくの闇に近い。

「全部片づけた。生きている奴はいない。処分はあんたひとりでするんだ」

私はいった。

「殺さないでくれるのか、あたしを」

室田は私の方に顔を向け、いった。目をみひらいているが、私の姿は見えていない。

「あんたが死ぬと困る人間が大勢でそうだからな」

私は椅子に縛りつけられた沢井に歩みよりながらいった。

「やれやれ助かった……」

室田はつぶやいて、それまでかけていたらしい椅子に腰をおろした。沢井は猿グツワをかまされている。

「何ていうか、ほら。お互い、玄人なのだから誤解をときゃ、話はつくわな」

小さなデスクに煙草とライター、灰皿がおかれていた。室田の手がそれをまさぐった。

「カズキにもまあ、悪気はなかったろうし。背中の傷はちっと痛むが、まあ勘弁してやりますよ」

「ここでどれくらい処分しているんだ」

私は沢井の縛《いまし》めを解いてやりながら訊ねた。

「最近はとんと減りましたよ。バブルんときはね、月に十人てこともあったけど――。酸じゃ時間がかかるってんで、電気式の高熱炉を入れたとたんにこの不景気でしょう。めっきり仕事が減っちまって……」

室田の手が探しあてた煙草を口に運んだ。左手が今度はライターを探す。右手にはベレッタを握ったままだった。

「本当、景気が回復してくれなきゃあがったりですよ。あちこちから人を預かっても、飯は食わしてやらなきゃならないし……」

「一体いくらの商売か？」

「まあ、顧問料もありますがね。最近はどこもせこくて、うちへもってこないで工事現場で埋めちまったりするんですよ。うちにくりゃ、きれいに片してやるのにね――」

ライターをつけた。金歯がその光にきらめいた。

不意に室田のベレッタが弾丸を吐きだした。ライターの光で私を捕捉《ほそく》したと信じたのだ。弾丸は私の左肩をかすめた。私はH＆Kの連射をその胸に叩きこんだ。

ライターが消え、室田ががっくりと椅子に倒れこんだ。

「大損ですよ」

猿グツワを外した沢井が吐きだした。

「金はとり返せるにしても、今日は店に新しい客がくる筈だったんですからね」

「ぼやくな」

私はその肩を叩いて、手を貸し、立たせてやった。

「このまま外へ連れてって下さい。あたしは気が弱いから、あんまりこういう景色は見たくない」

「金はどうする？」

「悪いけどそっちで捜して下さい。今の話聞いて、ここの正体がわかったとたん、吐き気がしてきた」


沢井を外に待たせ、建物にガソリンをまくと、火を放って車に乗りこんだ。カズキの百万は室田の作業衣の内ポケットにあった。穴と血で使いものにならない。

常磐道から燃えている施設の炎が見えた。消防車のサイレンは聞こえなかった。

沢井を六本木の店で降ろし、車を駐車場でとりかえてから、私は広尾のワンルームに戻った。鍵は開いていて、カズキの姿はなかった。ゴミも消えている。

ユニットバスの鏡に口紅の書き置きが残されていた。

「シブヤにいる。ヒマだったらさがして。〇九〇-××××-××××」

それをちぎったトイレットペーパーでぬぐった。洗面台に金色の髪が一本落ちていた。つまみあげ、トイレットペーパーといっしょに水に流した。

渋谷にはもう二十年、近づかない。

ジョーカーと革命

1

バーに入ってきた客はどこかの大学の講師のように見えた。チェックのシャツにニットタイ、コーデュロイのジャケットによれよれのチノパンだ。教授や助教授なら、もう少し値の張るスーツを着ているだろう。

度の強い黒縁の眼鏡は、指紋やもじゃもじゃの髪から落ちたフケでひどくよごれていた。背が低い。

「ジョーカーって方はいますか」

年齢は三十代後半から四十そこそこと見ていたが、声を聞いて考えを改めた。もう少しいっているかもしれない。自分より目下の者と話すのに慣れているようなトーンがあった。もっとも学校の先生なら、相手にするのはたいてい年下の生徒だ。

「俺だ」

私が答えると、カウンターにいたアベックが驚いたようにふりかえった。彼らがカウンターにすわったので、となりあわせたくない私は、ふたつしかないボックスのひとつに移動したのだ。男の方は、出版プロデューサーを名乗っているが、おおかた詐欺師《さぎし》だろう。女は、この店から少し離れた六本木で小さなピアノバーをやっている、沢井の知りあいだった。沢井の好みのバタ臭い顔立ちで、おそらく一度か二度はお手合わせをしてもらったにちがいない。女が自分の店にでるのは十時過ぎで、その前にどうやら今の男らしいこの詐欺師とここで待ちあわせるのが、ひと月ほどの日課になっていた。

もしかすると女の方も男の正体を知っていて、互いに何とか相手をカモにしようと狙っているのかもしれない。問題は二人ともひどくお喋り好きで、バーテンダーの沢井だけでなく、その場にいる客すべてを会話に巻きこまなければ気がすまない、ということだ。

追いはらえと沢井にはいっているが、昔いい思いをした弱みのある沢井はそれをできずにいる。

「ジョーカー？　そんな渾名《あだな》があったんですか」

男のほう、種村《たねむら》が驚いたようにいった。黒のセーターに値の張りそうなカシミヤのジャケットを着けている。

「森尾さんには似合わないわよ」

悦子《えつこ》という女がいった。

「ジョーカーっていうよりは、スペードのエース」

「古い映画じゃないんだから、君」

私は沢井に目配せした。沢井は気づかないふりをした。

「すわって」

私は新米の客にいった。客がすわると小声でいった。

「少し待ってくれないか。連中がいなくなるまで」

客は無言で頷いた。

「注文はしてくれていいから」

「ペリエはありますか」

沢井がペリエのボトルを冷蔵庫からだし、カウンターの二人に告げた。

「そろそろいかないと。ママが遅刻ですよ」

「怪しいなあ。あたしたちを追いだして何か悪い相談するんでしょ。お店休んでここにいすわっちゃおか」

出勤前に二杯は飲むドライマティニがきいている。種村がなだめた。

「ほらほら、そんなこといってないで、いこうぜ。店の子も君がこないと困るって」

「つまんない」

二人がでていった。客に当惑しているようすはなく、落ちついている。私は訊ねた。

「着手金はもってきたか」

「百万円。ここに」

客はジャケットの胸をおさえた。

「けっこう。あんたの名を聞こう」

「吉友《よしとも》といいます。コンピュータソフトウエアの会社をやっています」

「儲かる分野だ」

「それなりに。初めのうちは苦労しましたが、今はインターネット関連が旬《しゅん》なので」

沢井の目が輝いた。最近沢井は、パソコンを買いインターネットを始めた。私とはコンピュータの話ができないのでつまらながっている。

「仕事の内容を聞く前に金をもらおう」

吉友はジャケットの内側から封筒をだした。「ジャック・インタラクティブ・コーポレーション、ＪＩＣ」と社名が印刷されている。うけとった私は沢井に投げた。

「数えろ」

吉友は怒りもしなかった。興味深げに、私と沢井の顔を見比べただけだ。

「インターネット、俺もやり始めたばかりなんです。あれですかね。やっぱりクレジットカードの番号を使って買物すると、それが洩《も》れちゃってやばいんですかね」

沢井が札を数えながらいった。

「クレジットカードなんてもっていたのか」

私はいった。

「失礼だな。今どきもってない人間の方が少ないですよ」

「海外の有料サイトにアクセスするときは注意した方がいいかもしれません。全部が全部ではありませんが、中には悪質なのがいて、マフィアとつながってるっていう話ですから」

吉友は私の顔に眼を向けたまま答えた。

「仕事の内容を」

「先日、娘と犬を連れて、自宅近くの公園でやっているフリーマーケットにいきました。そこで大学時代の同級生にそっくりな男を見かけたんです。小さな女の子と二人で、アンティークを売ってました。本人かどうか確かめて、もしそうなら……」

　言葉が途切れた。

「なぜそのとき声をかけなかった？」

「学生時代の彼にとって私は裏切り者です。同じセクトに属していながら、途中で逃げだしてしまった。強情な男だから、もしかすると今でも活動をつづけているかもしれない。そうだったら私は近づきたくない。やめているなら、友情を復活させたいんです」

「吉友さん、年はいくつだ？」

「たぶんあなたより上、今年で五十になります」

「嘘でしょ」

沢井がつぶやいた。私も同じ思いだった。とうてい五十には見えない。

「若く見られるんです。おかげで会社をおこした頃はずいぶん損をした。もっともそのせいで、大学の頃は、警官のマークをよく免れました。中学生にしか見られなかった」

　微笑みながら吉友はいった。

「百万、あります」

沢井がいった。

「しまっとけ。その友だちの名前と見かけた公園は？」

「伊原《いはら》。世田谷の城南公園です」

「あそこのフリマ、大きいんですよね。月二回、日曜日にやってて」

沢井が口をはさんだ。

「長髪を束ねてて、大男のネイティブアメリカンのように見えるので、すぐわかります。ファッションもウエスタンだし」

「わかった。連絡先をおいていってくれ。こちらから報告を入れる」

吉友は頷いた。

「ペリエは店の奢りだ」

吉友がでていくと、送りに店の外までいった沢井が戻ってきていった。

「本当にインターネットって儲かるんだな。新しいジャガーのXJ－Sに乗ってましたよ。品川ナンバーです」

そして嬉しそうにつけ加えた。

「楽そうな仕事じゃないですか。なんでわざわざうちなんかに頼みにきたんすかね」

「楽な仕事じゃないからだろう。それとあの二人、もう店に呼ぶな」

渋い顔になった。

「毎日きてくれる客ってのは、けっこうありがたいんですよ。くるなともいえんでしょう」

「だったらお前がよりを戻すなりして、仲を壊せ。そうすりゃこなくなる」

沢井は大きなため息を吐《つ》いた。

「ろくな死に方しませんよ。人の恋路を邪魔してると」

「いずれ壊れる。女が喰い物にされて」

沢井は首をふった。

「あの女はそんなタマじゃないです。店のオーナーってのが本当の男で、右翼の大物の爺《じじい》だそうですから」

「じゃ、男が消されて終わりか？」

沢井は神妙な顔で頷いた。

「そんときは、せいぜい慰《なぐさ》めてやりますよ。体のつきあいだけをしているぶんには、爺さんは寛大だそうですから」

2

城南公園は、広大な緑地と雑木林、それに噴水のある池を擁《よう》していた。一月最初の日曜日で、空は晴れあがっているものの、吹きぬける風がひどく冷たい。

日曜日の公園にくるのは何年ぶりだろうと考えながら、車を駒沢《こまざわ》通りに止めた。低い陽がまぶしくてサングラスを手放せない。

緑地の部分でフリーマーケットが開催されていた。何百軒という出店のうち、大半はいらなくなった家のガラクタをもちよった素人《しろうと》だった。古着、CD、本、引き出物か何かでもらった食器のセット。あるいは以前勤めていた会社の古い販促グッズ。中に玄人《くろうと》が何軒かいる。オーディオセットやカメラ、ライターなどの古物。テレビやステレオのリモートコントローラーばかりを何十と扱っている中国人もいた。ブリキの玩具や古いアニメのセル画を売っている露店《ろてん》もあり、値段はひどく高い。それぞれひと坪ほどのスペースで売られている品は、下はそれこそ十円から、上は数万円まであった。

伊原はすぐに見つかった。中心部から少し外れた位置で、七〇年代を中心にした古いレコードや玩具、映画のポスターなどを売っている。灰色の髪を束ね、ジーンズの上下にブーツをはいて、物静かにすわっていた。かたわらにオーバーオールを着け、髪をポニーテイルにした十歳くらいの少女がいて、客とのやりとりをほとんどこなしている。

「『いちご白書』のポスター？　ありますよ。主題歌のシングル盤も買いません？『サークルゲーム』、セットで二千円にしときますけど……」

母親であってもおかしくない客に話しかけていた。私はかたわらで立ち止まり、ポスターやチラシの束が入った段ボール箱をのぞきこんだ。

「フィルムノワールはあるかい？」

少女がさっと私を見た。

「ロベール・アンリコとジャン・ピエール・メルビルのならたいてい揃《そろ》ってます。あんまり古いのになると、ないかもしれませんけど」

「ジョゼ・ジョバンニがいいな」

「『ル・ジタン』？」

「いや、『ラ・スクムーン』だ」

少女が伊原をふりかえった。伊原は無表情に首をふった。よく陽に焼けていて、岩を刻んだようなごつい目鼻立ちをしている。確かにネイティブアメリカンに見えなくもない。

「『ラ・スクムーン』はない」

「そうか、残念」

いって少女を見た。『いちご白書』のポスターと主題歌レコードを買った主婦から金をうけとっている。

「映画に詳しいんだね」

「お父さんに教わったの」

微笑んで少女は答えた。

「おじさん、アメリカのギャング映画は？　ボガートとかリチャード・ウィドマーク、渋いところでジョージ・ラフトのポスターなんかもあるよ」

「オリジナルで？」

「まさか。コピー。オリジナルだったら、たいへんよ」

父親を気にしながらいった。私は笑いかけ、いった。

「将来は女優？　それとも監督？」

「脚本家がいい。それとおじさん、そのサングラス、あんまり似合わない」

「ミユ」

伊原がいった。首をふる。

「ごめんなさい」

「いや。自分でも似合わないと思っているんだ」

私はいって、その場を離れた。


冬の日暮れは早い。三時を回り、風がひときわ肌を刺しはじめると、多くの露店が店じまいの準備を始めた。

私は雑木林の外れにあるベンチのひとつにすわって伊原を観察していた。自販機であたたかい缶コーヒーを二本買ったが、トイレにいく回数が増えただけだった。

伊原の〝店〟は、そこそこ繁盛《はんじよう》しているようだった。立ち止まり、品物を手にとる客が少なくない。だがそれは周囲の素人の店に比べれば、ということであって、このフリーマーケットの売り上げだけではとうてい生活は維持できないだろう。

伊原は出店者としては、認知されているようだ。先にひきあげていく者たちが、伊原に挨拶をする姿を私は見ていた。フリーマーケットの仕組を私は知らないが、出店者としての伊原は古株で、玄人並みの扱いをうけているようだ。

四時になる前に、ポニーテイルの少女がてきぱきと店じまいを始めた。段ボール箱に丸めたポスターを立て、チラシやレコードの入った箱にはガムテープで封をする。出店者たちの多くは、公園付近に路上駐車した車できていた。伊原も例外ではなく、キャスターにのせた段ボール箱を、クリーム色のワンボックスカーに運びこんだ。古い年式の多摩ナンバーで、洗車も長いことされていない。

私は車を回し、ワンボックスカーを尾行した。

ワンボックスカーは駒沢通りから環状八号線に入り、北上して、高井戸《たかいど》の先で左に折れた。日曜日の夕方の環八は混んでおり、尾行は難しくなかった。

約一時間ほどで、ワンボックスカーは三鷹《みたか》市の外れについた。「アントノーフ」という横書きの看板を掲げた、素人くさい黒のペンキ塗りのドアの前だった。住宅地の中の、こぢんまりした喫茶店という趣きがある。「アントノーフ」の下に「コーヒー・軽食」と、これもペンキで書かれ、コーヒーの横棒からペンキの垂れた跡がある。

助手席を降りた少女が黒塗りのドアを開け、中の電灯のスイッチを入れた。狭い店内と急勾配《こうばい》の階段が見えた。私はバンを追い越して、近くに駐車場を捜すことにした。

車を止め、戻ってみるとバンは消えていた。扉の前に「CLOSED」の札がかかっている。十五坪もないような細い二階建ての家の二階の窓に明りが点っていた。斜め向かいに、もう少し気どったカフェテラスがあった。そこでようすを見ることにした。

ウインナコーヒーを半分ほど飲んだとき、二階の明りが消え、伊原親子が現われた。服装はかわっておらず、ミユと呼ばれた娘が伊原の手を握っている。おそらく夕食を摂《と》りにいくのだろう。そう思い、見送った。仲のいい親子のようだが、母親らしい女の姿はない。

三十分ほどで二人は帰ってきた。私はその間に車に戻っていた。

午前一時過ぎ、二階の明りが消えた。それまで訪ねてくる者はいなかった。

翌朝の七時二十分過ぎに、ミユが家をでてきた。通学鞄《かばん》を手にしている。十一時、伊原がドアの外にかかったプレートを裏返し、「OPEN」にした。ひと組めの客は、学生とおぼしい若い男の二人連れで、十一時四十分に入った。正午を過ぎると、三人目、四人目の客が入った。「アントノーフ」には窓がなく、外からは中のようすがまったくうかがえない。

　ときおり客の出入りにあわせて開閉されるドアの内側に、黒いビニールエプロンをかけた伊原の姿が見えた。午後三時二十分、ミユが帰ってきた。

　午後十時、エプロンをつけたミユがプレートを「ＣＬＯＳＥＤ」にした。二階の明りが消えたのは零時半だった。

　三十六時間ぶりに自分の寝ぐらに帰るつもりで車に乗りこんだ。

　尾行がついていた。伊原を監視している私を監視している者がいたというわけだ。

　高井戸から首都高速に乗り、中央道に入った。アパートに帰るのを中止し、相模湖《さがみこ》のほとりに建つラブホテルで眠ることにした。

　車のナンバーを照会されても、足がつく心配はない。追ってきているのは、男二人が乗った国産の４ＷＤだった。

3

　ラブホテルのダブルベッドで目覚めた。チェックアウトすると高速は使わず、甲州街道の渋滞の中に車を進めた。一時間ほどのろのろと走ったところで車を止め、その場に乗り捨てた。京王線のラッシュに呑みこまれ、都内に戻る。尾行がついていたという確信はなかった。車はいずれレッカー移動され、車検証に記載された持ち主のところに連絡がいくだろう。

持ち主はこの手のことに慣れた、裏のレンタカー屋だ。私が連絡をいれさえすれば、盗難届けをだす手筈になっている。

部屋に帰りつくとレンタカー屋に車のことを知らせた。ナンバーの照会はまだきていない。

ひと眠りすると、髪を染め、服装をかえて、電車で三鷹に向かった。

「アントノーフ」の向かいのカフェテラスは閉まっていた。火曜が定休日らしい。ウインナコーヒーをあきらめ、徒歩で十分ばかりのところにあるベーグルショップに入った。

昨夜私を追ってきたのが刑事かどうか、私は判断がつかずにいた。「アントノーフ」を張りこんでいる別の人間の存在にまるで気づかなかったからだ。少なくとも、車や路上からあの家を監視していた者はいなかった。もし刑事ならば、そういう場所からではなく、近所のアパートや家の二階を借りた定点監視をおこなっていたことになる。つまり、吉友は、伊原とは友情を復活させられないというわけだ。

ベーグルショップには、オープンカフェが付属していた。石油ストーブを囲むようにテーブルが配置されている。そのひとつで私はカフェオレを飲み、シナモン味のベーグルをかじっていた。

オーバーオールにスタジアムジャンパーを着たミユがやってくるのが見えた。まっすぐ私に近づいてくる。私はなかなか嚙み砕けないベーグルをカフェオレで流しこんだ。

ミユは私のテーブルの前で立ち止まった。しげしげと私を見つめていたがいった。

「サングラスよりは、その白髪似合うよ。ちょっとお爺ちゃんぽいけど」

「そう思われるのじゃないかと心配してたんだ。本当は君のお父さんより若いのに」

ミユは目を大きく広げた。

「お父さんの年、知ってるの？」

「五十歳だろ」

「あたり。あたしは四十のときの子」

「お母さんは？」

ミユは首をふった。それがどんな意味かは、言葉で補足しなかった。

「お父さんが、お店きたらって。訊きたいことがあるなら教えるっていってる」

「私がここにいると、お父さんはなぜわかったんだろう」

「『マロニエ』が休みだから、ここしかないだろうっていってた」

「マロニエ」は向かいのカフェテラスの名だった。

「『ラ・スクムーン』のポスターが見つかったのかな」

「ちがうと思うよ。お仕事の話じゃない？」

「お父さんのお仕事？」

ミユは頷いた。少し不安になったらしく、自分のきた方角、「アントノーフ」の方向をふり返った。

「喫茶店のマスター？」

「ちがう。本当の仕事は別だっていってるもん」

「本当の仕事は何だい？」

「あのねえ」

いってミユはあたりを再び見回した。

「『革命家』。そのベーグル、おいしい？」

「残ってる半分でよければ食べてみる？」

「やめとく。歯が折れるって評判だもん」

「もっと早く教えてもらえばよかった」

答えて私は立ちあがった。

「お父さんのところにいこう」


だが「アントノーフ」に伊原はいなかった。私を案内するとミユは「塾があるから」といって立ち去り、かわりに二階から男が二人降りてきた。

二人とも三十代のどこかで、よく鍛《きた》えているらしい体つきをしていた。ネクタイは締めておらず、ひとりはジーンズにハイネックのセーター、もうひとりはコーデュロイのパンツにフリースのジャケットといういでたちだ。

ひとりが店の扉に内側から鍵をかけた。ミユはきっとプレートを「ＣＬＯＳＥＤ」にしていっただろうと私は思った。

「伊原さんは留守か」

私は訊ねた。二人は無言だった。張りこんでいたのが刑事だった場合に備え、私は丸腰だった。

二人は口をきく手間をかけなかった。「アントノーフ」の店内は小さなカウンターと四人がけのボックスがひとつあるきりだった。そのボックスも、今は壁ぎわに押しつけられ、椅子がテーブルの上にのせてある。

ジーンズをはいた男が、腰に吊るしたケースから折り畳みのナイフを抜いた。刃の峰に指をあてがっている。扱い慣れた仕草だった。もうひとりが私の背後に回った。

「こういうおもてなしか」

腕をおさえられ、ナイフが首すじにあてられた。ジーンズがいった。

「質問をする。とぼけたり、あきらかに嘘とわかる答をしたら、切っていく」

「嘘とどうやって判断する？」

顎の下に痛みが走った。ナイフの刃が浅く刺さったのだ。

「そういう口のきき方は許さない」

私は男の目を見つめた。煙ったような、感情を感じさせない瞳をしている。訓練をうけている。それもかなり本格的な。

「姓名と所属をいえ」

「ジョーカー、フリーだ」

男はためらわなかった。左肩を切られた。ジャケットが裂け、血がにじみだす。死ぬほど深くはないが、絆創膏《ばんそうこう》ですむほど浅くもない。

「姓名と所属をいえ。次は耳を削《そ》ぐ」

同じ質問を無表情にくり返した。私は口を開き、いきなり前に体をつきだした。訓練をうけている相手にだけ通用する手だった。反射的にナイフをもった手がさがった。ひき戻そうとする背後の男の力を利用して後退し、頭突きを浴びせた。自由になるとテーブルの上にあった椅子をつかんだ。ナイフがつきだされた。よければ膠着《こうちゃく》状態になる。チェスや将棋のようなものだ。一手一手を交互におこなっていたら、一対二のこの状況からは逃れられない。この男たちがただのチンピラでないことはわかっている。体を捻《ねじ》りながら腰で刃をうけた。腰骨の上を刃がすべるのが感じられた。椅子で男の頭を殴りつけた。遠慮はしなかった。殺す覚悟でやったが、死にはしないだろう。側頭部に当たって、棒のように倒れた。

間髪《かんはつ》をいれず、腰を蹴られた。うしろにいた男だった。両鼻からでた血が顔の下半分を染めている。

蹴られた勢いのまま、私は「アントノーフ」のドアにぶち当たった。鍵《かぎ》が外れ、外の通りに転げでた。立ちあがると、ただ走った。自分が血を流していることはわかっていた。

二百メートルほど走り、タクシーをつかまえた。肩の傷はともかく、腰の怪我には医者が必要だった。まだ開店前だったが、沢井に携帯電話で連絡し、飯倉へと向かった。

　タクシーの運転手にチップを弾み、バーに入った。沢井は医者を待たせていた。私の姿を見るなり顔をしかめた。

「ひでえ血だ。死んだったらよそにして下さいよ」

　出血しているのは三ヵ所だった。一番ひどいのが腰だ。麻酔なしで十針を縫われた。肩の傷は筋肉までは達していなかったが、腰は治るまで時間がかかるということだった。

　縫合《ほうごう》が終わってから痛み止めをもらい、沢井が着換えを調達してくるまでのあいだ、それが効くのを待って失神していた。

　目を開けると、沢井がモップを床にかけており、医者はいなくなっていた。

「輸血は何とかしないですむそうです。らしくないドジじゃないですか」

　私は唸《うな》りながら洋服を着換えた。

「吉友に連絡しろ」

「その必要はありませんよ」

　モップの手を止め、沢井がいった。新聞をさしだした。

「今日の夕刊です」

社会面を開いていた。「会社社長殺される」という見出しが目に入った。私は息を吐き、ベッドがわりにしていた長椅子に倒れこんだ。

「ちょっと。ソファの張り替え代、もってくれるんでしょうね」

「記事を読んでくれ」

沢井は唇を尖らせたが、記事を読み始めた。

「今日、午前九時二十分頃、品川《しながわ》区荏原《えばら》三丁目の路上で男の人が血だらけになって倒れているのを通りがかりの人が見つけ、警察と救急に通報した。この人は近所の荏原三の×の×に住む、会社社長吉友典之さんで、吉友さんは全身の数ヵ所を刺されており、病院に運ばれたときには、すでに死亡していた。吉友さんはコンピュータソフト製作会社の社長で、警察では仕事上のトラブルがなかったか、関係者から事情をきいている」

新聞をおろし、沢井はいった。

「手つけどまりですね。切られ損てわけだ」

私は答えなかった。吉友の死が私の調査と関係がある筈はなかった。伊原も、その仲間も、私が吉友の依頼をうけていたことは知らない。

とはいえ、吉友が私に仕事を頼んだ直後に殺されたのは、おもしろくない偶然だった。

「あれをだしてくれ」

私はいった。沢井は渋い顔をしたが、黙って店の金庫から三十八口径をとりだした。

「最近、このタイプ、手に入りにくいんですよね。オートマチックなら簡単なんですけど」

「オートマは、安物のコピーが多い。よほどのメーカー品じゃなけりゃ、危くて使えない」

「メーカー品、捜しときますよ」

「共産圏は駄目だぜ」

沢井は頷いた。三十八口径を左の腰にさし、バーをでた。本当は右の方が早く抜けるのだが、怪我をしている。

痛み止めが効いていると思ったが、歩いてみると甘かったことがわかった。今夜中に三鷹に戻るつもりだったがあきらめた。タクシーを止め、アパートに帰って眠った。

4

翌日の午後、私は三鷹の小学校の近くに止めた車の中にいた。ミユは欠席しているか、護衛《ごえい》つきで登校しているかのどちらかだと思っていた。

三時少し前、クリーム色のワンボックスカーが、校門の近くに停車した。運転席には毛糸の帽子をかぶった男がすわっていた。きのう私が椅子で殴り倒した男だった。帽子の下からわずかに包帯がのぞいている。

ミユがでてくる前にかたをつけることにした。ワンボックスカーのうしろから近づき、運転席のドアを引き開けた。

「互いに怪我人どうしだ。きのうのおさらいはやめとこう。俺は一発しか撃たないし、急所を外す自信もない」

男は無表情に私を見つめた。

「撃ちたければ撃てよ」

「ミユを巻き添えにしてもいいのか」

男の目の中で何かが動いた。立ちこめていた霧《きり》が一瞬晴れるような変化だった。

「撃つ度胸がないのだろうが、公安の犬が」

私は首をふった。

「久しぶりに聞くぞ、そのフレーズ。だが人ちがいだ。伊原はどこにいる」

「撃てよ」

男の目が動いた。校門をでてくるミユが見えた。

「彼女に訊こう」

男は目を細めた。

「ミユちゃんに手をだしたら、お前を小間切れにしてやる」

「そのフレーズも古いが、まだましだ。よけいな真似をしなければ、俺は安全な人間だ」

ワンボックスカーのキィを抜き、ドアを閉めた。拳銃をコートの右ポケットにしまってふりかえると、ミユがこちらに近づいてくるところだった。

「あら。きのうは帰っちゃったって、お父さんに聞いたわ」

「この人とちょっと言い合いをしてね」

私はワンボックスカーを示した。

「正木さんは口下手なの。でもいい人だよ」

ミユはジャンパースカートにダッフルコートを着ていた。

「お父さんと二人で話をしたいな。電話番号を教えるから、かけるようにいってくれないか」

「いいよ」

私は携帯電話の番号をいった。ミユは鞄からだしたノートにメモをとった。

「じゃあね」

私は左手をふり、あとじさった。正木と呼ばれた男にも手をふってやった。コートの中でずっと拳銃を握っていた。


伊原からの電話はなかった。私のやり方は紳士的すぎたというわけだ。ミユはおそらく転校し、伊原には二度と接触することができないだろう。

夕方、沢井から連絡があった。

「まだ開店前なんですがね。会いたいってお客さんがみえてますよ」

「どんな奴だ」

「紳士です。スーツをお召しになって、どこかの会社の重役のような」

「明日にしてもらえないか聞いてくれ」

「ソファの張り替え代、そちらの分から引いといていいですか——」

私はため息をついた。沢井の取り分は四分の一だ。仕事の内容、期間に関係なく、四分の一。

「今からいく」

三十分後、バーに到着した。カウンターにすわっていたのは、髪を切り、スーツに身を包んだ伊原だった。

「話があるそうだな」

ストゥールを回し、私をふりかえるといった。私は無言で首をふり、バーのドアを閉めた。

「なんだ、知り合いだったんですか。そうならそうと、いってくれりゃよかったのに」

沢井が呑気《のんき》な口調でいった。

「まだ会うのは二度目なんだ、伊原さんとは」

私が答えると口を閉じた。じりじりと伊原から遠ざかる。

「よくここがわかったな、といいたいが、タクシーを尾行すりゃ簡単か」

伊原は頷いた。

「あんたはプロか、プロ崩れらしい、という話だ」

「お宅の若い衆もそうだろう。どこか砂漠《さばく》の近くで訓練をうけたのじゃないのか」

「もめるのなら、外にして下さいよ」

大急ぎで沢井がいった。

「大丈夫だ。話をしにきただけだ。この店は老舗《しにせ》だそうじゃないか。簡単に潰《つぶ》すわけにもいかんだろう」

伊原は沢井を見つめた。

「なんか誤解があるようですね。うちはこの人とは無関係です」

「もぐりの医者を用意してやってもか」

沢井はため息を吐き、私を見た。

「何とかいって下さいよ」

「この店を粉々に吹きとばしても、俺は痛くもかゆくもないぜ」

伊原は手もとのグラスを見つめた。

「いいマティニだ。腕のいいバーテンは今日び、なかなか見つからないのじゃないか」

「別に俺の店じゃない」

伊原が抜くのと私が抜くのが同時だった。ちがうのは、私が拳銃で、伊原が手榴弾《しゆりゆうだん》だったことだ。伊原は悠然《ゆうぜん》と安全ピンを抜き、マティニのグラスの中に落としこんだ。

「これを知ってるな」

大きさは掌《てのひら》にすっぽりとおさまるほどの球形をしている。オランダ製で世界最小の手榴弾だ。

「V40」

私は短くいった。伊原は頷いた。

「小さいがここにいる全員を殺すには充分な威力がある。私を撃てば終わりだ」

「は、話をしにきたのじゃないんですか」

沢井が目をむき、いった。

「そのつもりだ。互いに撃ち合うよりは、この方が公平だ」

伊原はいった。

「いいだろう」

私はいって、拳銃をカウンターにおき、伊原からふたつ離れたストゥールに腰をおろした。

「レバーをしっかり握ってろよ。最新型の着発信管は、二秒しか保《も》たないぜ」

伊原は小さく頷いた。

「戦争屋か。そうだな」

「昔の話だ」

「今は金で殺しを請け負うクズか」

「殺しは仕事にしたことがない。殺しをしなかったとはいわないが」

私はいった。伊原は落ちついたものだった。右手は微動《びどう》だにしていない。

「すると俺の居場所を確かめたあと、別の殺し屋がくる手筈か」

「あんたのことを調べるよう頼んだのは、大学の同級生だ」

伊原の表情はかわらなかった。

「俺は大学にはいっていない。浪人のときに中東に渡ったからな」

沢井が天井を見あげた。もうすぐ念仏を唱えそうな顔をしている。

「吉友という名に聞き覚えは？」

「もちろんある。軍事用のコンピュータウイルスを扱っている男だ。中央アジアのイスラムと組んで仕事をしているうちに、革命家だか麻薬の運び屋だかわからなくなった連中のひとりだ」

沢井が呻《うめ》いた。

「参った……」

「殺したのはあんたか」

私は訊ねた。

「そんな暇潰しはしない。奴は俺を誰かに売るつもりだったが、先に売られただけじゃないのか」

「誰に売られた？」

「さあね。敵を作るのに苦労はしないだろう」

「あんたは誰に売られる予定だったんだ？」

「奴の取引相手だ。一度だけ奴とは組んだことがある。アフガンに武器を供給する仕事だった。手ちがいがおこって、俺たちは連中をひどく怒らせた。奴はうまく相手にとりいってビジネスを始めたが、俺の首にかけられた懸賞金《けんしょうきん》はまだ生きていたようだ」

「あんたの仕事は革命家だそうだな」

「今は市民運動の連中とうまくやっている。性急な武力革命からは方針を転換したが、目的に揺らぎはない」

「それでフリーマーケットか。古めかしい生き方だ」

「時代遅れは自覚している。だが公安の犬やお前のような連中からは身を守らなけりゃな」

「娘さんの理解を得て、か？」

私は首をふった。

「ミユは優秀だ。中学に入ったら、留学させようと思っている。アフリカの現状を見れば、生き方がかわるだろう」

「あんたがアフリカにいくことは考えないのか？」

「いくさ。ミユが留学から帰ってきたら、今度は戦い方を教えるために連れていく」

「最初からアフリカじゃ駄目なんですか」

沢井がいった。別にアフリカでなくとも、ここでなければどこでもいい、と思っているにちがいない。

伊原は沢井に目を向けた。

「戦いの始まっている場所に乗りこみ、銃を手にするのは、誰にでもできる仕事だ。真に重要なのは、戦いの必要性を自覚していない民衆にそれを知らせることだ」

「個人的にはそいつは悪くない考えだと思う。特に今のこの国ではな」

私は伊原を見つめながらいった。この距離なら一発で仕止めるのは簡単だ。だがその手の手榴弾に、カクテルグラスからひろいあげた安全ピンを戻すのは二秒では不可能だ。ここから逃げだすことも。

破砕《はさい》手榴弾で恐いのは、爆発そのものではない。飛び散った破片で傷つけられることだ。今の私の移動能力ではとうてい軽傷ですむとは思えなかった。

「結局のところ俺は余分な真似をしたというわけだな」

伊原は否定も肯定もしなかった。

「こういう状況は日常的に起こりうることだと理解している。ただし、ああ起こってしまったではなく、なぜどのようにして生じたかメカニズムを把握し、再発させないための方法を講じなければならん」

「どんな方法なんです？」

沢井が訊ねた。

「その前にメカニズムの問題が解決されていない」

「吉友はフリーマーケットでお前を見つけたといっていた。それは嘘じゃないと思うぜ」

伊原は頷いた。

「市民運動とかかわればあるていどの露出はさけられない。一方的なコミュニケーションでは民衆は動かせない時代だ。吉友はどうやってお前のことを知った？」

「知らんな。噂を聞いたのかもしれん。このバーにいけば、ジョーカーという便利屋に会えると」

伊原の目が動いた。

「ジョーカー。それがやはりお前の名なのか」

「そうさ」

私は左肩を見やっていった。

「お宅の若い衆は信じちゃくれなかったが」

「経験不足だな。戸籍上の名前よりもコードネームの方が重い意味をもつ場合があるというのを学ばなければならない」

「じゃ、いいんじゃないですか」

沢井がいった。

「疑問は解けましたよね」

「まだある。吉友は誰に殺された？」

「知らんね。クライアントを殺せば、こっちは稼ぎにならない。そちらの方が詳しいのじゃないか」

「吉友は、中央アジアとはうまくやっていたが、アラブ圏の一部のグループには敵視されていた」

「だったらそいつらが殺《や》ったのだろう」

「用心深い男でね。自分の存在が露見するような場には近づかなかった筈だ」

「俺にはわからん。だとすれば偶然じゃないのか。きのう殺されたのは」

伊原は首をふった。

「偶然など信じない」

私は肩をすくめた。

「それならどうしろというんだ」

「ことその周辺に危険な因子が存在する。因子を特定することができない以上、すべてを除去する方向で働きかけなければならないだろうな」

「それってなんか、すごく嫌な感じなんですけど……」

沢井が私と伊原を見比べていった。

「俺も嫌だ。いっておくが、除去しても俺の危険度はわずかしか下がらない。三鷹の家を廃棄し、別の活動方向を模索しなければならないだろう」

「ミユちゃんも転校させるか」

「友だちができたところだったがやむをえない。革命家というのは孤独なものだ」

「よせよ。酔っちまったのか。あの子は賢くていい子だ。自分で選ばせてやったらどうだ？」

私は首をふった。伊原は黙っていたが、やがていった。

「俺は過去に一度だけ、活動を共にするかどうかの選択を相手にさせたことがある。ただしそれは、相手本人に限定した選択だった。その人間は、革命から離れることを選んだ。ミユは置き去りにされた。あの子に選択をさせるつもりはない」

私は息を吐いた。伊原がそっとストゥールから降りた。

「疑問は解けなかった。次善の対策をとらせてもらう」

「勘弁して下さいよ――」

沢井が泣き声をたてた。そのとき、バーの扉が開かれた。

「もう開いてた――」

言葉が途切れた。種村が凍りついていた。その目はまっすぐ伊原に向けられている。

「いや、出直すとしようか」

くるりと背を向けかけた。

「動くな」

伊原の声が響いた。種村の体が止まった。

「俺が何をしようとしているかわかっている筈だ。こちらにきて座れ」

種村は背を向けたまま動かなかった。種村と伊原が互いを知っていることは明白だった。種村はバーの扉に手をかけたまま硬直していた。

「早くしろ。鍵をかけるのを忘れずにな」

伊原は命じた。あきらめたように種村は向き直った。

「お前がここに現われるとはな」

いって、私に目を向けた。カウンターの上の拳銃には目もくれなかった。

「この店は大物のあたり場所らしい」

「種村さん……」

沢井が呼びかけた。

「種村。なるほど今はそういう名前か。以前会ったときは豊川《とよかわ》という名だったな。今は公安一課を離れたのか」

「やめたさ、とっくに」

種村は硬い表情でいった。

「警察を？」

伊原は訊ねた。種村は答えなかった。

「ジョーカー」

伊原がいった。

「こいつの癖《くせ》が治ってなければ、背広の襟の内側に身分証を隠している筈だ。調べてみろ」

私は立ちあがった。種村は険しい表情で私を見つめた。

「テロリストのいいなりになるのか」

「今はそうせざるをえない状況でね」

私はいって、種村が着ているダブルのジャケットの襟の内側に手をさしこんだ。左襟の折り返しに細長いポケットがあった。黒革の表紙を外した警察の身分証がさしこまれている。

「警視庁公安三課　警部補　立川寿久」

とあった。カウンターの上をすべらせた。

「なるほど」

のぞきこんだ伊原はいった。

「俺たちとの一件で面が割れたんで、今は右翼のお守《もり》か」

私は種村を見た。

「吉友を知っていたのか」

種村は答えなかった。

「奴は確か、防衛庁のコンピュータ侵入未遂で手配されていたな」

伊原がいった。

「なぜ逮捕しなかったんだ？」

私は訊ねた。

「知らんな。俺はもう一課じゃない。情報を与えただけだ」

種村は答えた。この店で吉友に気づいた種村が、吉友の行先を別の刑事に尾行させたにちがいなかった。

「売ったのはこいつらさ。アラブの一派に吉友のことを知らせた。おそらく吉友を売れば、一課が欲しがっている脱獄活動家の情報が入ったのだろう。一部は国内潜伏しているという話だからな」

伊原がいうと、種村はいった。

「見逃してやる、消えろ。俺はもうお前には興味がない」

伊原は笑った。

「信じられるか」

私はいった。

「いや。信じられない」

沢井が目を丸くした。

「警官を殺すと罪は重いぞ」

種村が早口でいった。

「お前らは警官じゃない、ただのスパイだ」

伊原はいうと立ちあがった。私の拳銃をとり、種村に向け無雑作に引き金をひいた。種村はすとんと膝をつき、穴のあいた胸を見つめていたが、無言で倒れた。

「一件落着だな」

私は伊原を見やり、いった。

伊原は私を見つめ返した。

「そう思うか？」

「ああ。死体はこちらで処分する。あんたは消える。誰も右翼対象の公安刑事の失跡《しっそう》と手配中の革命家の関係にまでは頭を回さない」

「いいや」

伊原は首をふった。

「回すさ。ここのことを公安一課は嗅《か》ぎつけている」

「俺たちが生きのびればかわせる。一課が吉友を売ったことを俺たちは知っているのだからな」

伊原は再び首をふった。

「ここを放置しておくのは賢明《けんめい》とはいえんな」

「誰にも喋りませんよ！」

沢井が叫んだ。

「伊原」

私はいった。

「俺はミユちゃんには手をださなかった。そのことを後悔させる気か？」

伊原の目が私に注がれた。

「クズのいうことを信じろというのか」

「金で雇われるが、金で裏切ったことはない」

伊原は頷いた。

「俺がお前ならミュを人質にした」

私は答えなかった。伊原は無言で携帯電話をとりだし、ボタンを押した。でた相手にいう。

「俺だ。荷物をひとつ運びだす。ひとつだけだ」

電話を切った。

「処分をお前らに任せるわけにはいかない」

倒れている種村を見おろした。

「好きにしろ」

私はいった。

やがてドアが開き、大きなスーツケースをひいた伊原の部下が現われた。種村の死体を詰め、運びだす。作業のあいだ中、ひと言も口をきかなかった。ひとりがスーツケースを運びだし、ひとりがその場に残った。残ったのは正木だった。

伊原は私の拳銃を正木に預け、カクテルグラスの中から安全ピンをつまみあげた。

「これで貸し借りはなしだ」

いって、ピンを手榴弾に戻した。その指先に震えはまったくない。ひかえ目にいって、たいした男だった。

った。

「ミユちゃんによろしくな」

　バーの扉に手をかけた伊原に私はいった。伊原はゆっくりと私をふり返り、首をふった。

「残念だがそれはできない。教育上、ミユには、お前を殺したと教えるつもりだ」

　伊原の背が消え、扉が閉まった。沢井がカウンターの内側でへたりこんだ。

「――まったく……なんてこった」

　つぶやいた。私は扉のところにいき、鍵をかけた。床の、種村の残した血の染《し》みは、私が流した血よりはるかに少なかった。

　沢井がぼんやりとそれを見つめている。

「だから客は選べといったのさ」

　私はいってやった。

ジョーカーとレスラー

1

春の嵐という奴だろう。表では風が吹きすさび、道路のホコリを巻きあげ、通行人の薄いコートをはぎとろうとする。誰もが顔をうつむけ、わき目もふらず、急ぎ足で家路をたどる晩だった。

バーの中は決して寒くはなかったが、風の吹きこむ古い換気孔が魔女の悲鳴のような叫びをたてていた。強い風はときおり扉をもがたがたと揺らし、新来の客に亡霊が現われたかと思わせた。

「きませんね」

グラスを磨いていた沢井がいった。

「声の感じじゃそうとう年とってそうだったから、この風じゃこられないのかもしれない」

客がくる、と呼びだしをうけなければ、私も今日は寝ぐらにこもっていただろう。再び扉が揺れた。風だと思い、ふりむかなかった。だが沢井がグラスをカウンターに戻したので、そうではないとわかった。

キイキイという音がつづいた。油のきれた自転車のようだった。ふりむくと、和服を着た車椅子の老人が戸口にいた。相撲《すもう》取りを思わす巨漢が車椅子を押している。明るい緑のスーツを着けていた。

鶴《つる》のように痩《や》せた老人だった。光沢のある着物の生地は、詳しくない私にも高価そうに見えた。黒のマフラーを襟元に巻きつけ、手には節くれだったステッキをもっている。色は浅黒く、目には強い光があった。むしろ車椅子を押している巨漢の方が目はどんよりと濁《にご》っている。

老人がふりかえった。吹きこんだ風が、店内にあった紙きれや乾いたタオルを舞いあがらせている。

「早く中に入って扉を閉めんか！」

「おす」

巨漢は車椅子を押しこみ、扉を閉じた。風にあおられ、扉はバー全体を揺らすほどの音をたてて閉まった。キイキイという音は、車椅子の車輪がたてたものだった。

巨漢はぼんやりと立ちつくした。老人は膝にのっていた毛布をはらいのけ、ステッキで体を支えて立ちあがった。

「ジョーカーと申す者は？」

まっすぐに背筋をのばし、沢井に訊ねた。

「俺だ」

老人はしゃんとした姿勢のまま、私を値踏みした。色が黒いのは、陽焼けしているからではないだろう。ステッキをつかんだ左手は小指と薬指の先がなかった。

「修羅場《しゅらば》は知っておるという面《つら》だ。だが、信義を守る、という点ではどうかな」

老人はいった。凜《りん》とした声ではあったが、わずかに震えも帯びていた。

「信義にもよるだろうな。秘密は守るが、金で買えるものに俺の命までは入ってない」

老人は私を見つめていた。が、不意にいった。

「よかろう。バーテン、スカッチの水割りだ。一対一、氷は入れるな」

ステッキを突き、私の隣に腰をおろそうとした。巨漢が手伝うものと思っていた。だが突っ立ったままだ。命じられたこと以外を処理する能力はないようだ。ストゥールを私が引いてやった。

沢井はあきれたように見つめ、それから酒を作った。

すわるだけで呼吸を荒くした老人は、懐ろから袱紗《ふくさ》の包みをとりだした。カウンターに投げた。

「百万と聞いた」

沢井は珍しいものを見るように袱紗を見つめた。

「数えろ」

私はいった。老人が私をにらんだ。

「疑うのか」

「トラブルをさけたいだけだ」

「疑うことはトラブルにならんのか」

「嫌なら帰ってくれていい」

老人はふんと鼻を鳴らし、沢井に顎をしゃくった。

「バーテン、数えよ」

沢井は一瞬むっとしかけたが、金の重みで機嫌を直した。札束には帯封がかかっていた。

「あります。ところでこいつは返すものなんですか」

感心したように袱紗をなで、私に訊ねた。私は老人を見た。

「欲しければくれてやる」

「じゃ、ありがたく」

沢井は金だけを金庫にしまい、袱紗を手のうちに残した。

「すべすべして、いいもんだな。なんか、伝統って感じだ。ありがたみがある」

私は老人に訊ねた。

「で、あんたの名は？」

「本名をいう必要はあるまい。そちらも偽名を使っておる」

老人は沢井の作った水割りを口に含んだ。

「かまわないが、適当に名前を作ってくれ。じゃなきゃ話が進めにくい」

「よいだろう。では儂《わし》の偽名は、関東龍王会常盤《ときわ》組古橋《ふるはし》一家、第七代総長、池《いけ》ノ端伝《はたでん》司《じ》ということにしておく」

沢井が吹きだした。

「何がおかしい」

池ノ端は沢井をにらみつけた。

「いや……。立派な偽名です」

「で、俺にしてほしい仕事は何だ」

私は訊ねた。

「倅《せがれ》を捜してほしい。どこにおるのかは、だいたいわかっておる。だから見つけたら、連れ戻してもらいたい」

「息子さんの年は？」

「四十一になる」

「四十を過ぎた大人を連れ戻すのか」

「倅には家に戻る気がない。したがって仕事にはさらうことも含まれる」

いって、池ノ端は水割りを飲み干した。

「ふん、悪くない酒だ。バーテン、お代わりだ」

沢井はあきれたように私を見た。依頼人で二杯目を頼む客はめったにいない。

「なるほど。で、息子さんは今どこにいる」

「合宿所だ。北区にある」

「合宿所？」

「倅は『KPW』という小さなプロレス団体に入っておる」

「プロレスラーなのか」

「元はな。今はやっておらん筈だ。トレーナーとかマネージャーとか、そんな仕事をしておると思う。倅のおる団体が先月、東北に巡業にいき、その興行の手配をしたのが儂の古い知り合いだった。それで息子がおるとわかった」

「息子さんは家をでてどのくらいになる」

「もう十、いや、二十年か」

「そんな立派な大人を連れ戻しても、またでていかれるだけじゃないのか」

「今度は逃さん。あれもそろそろ腰を落ちつけて家業を継いでもらう時期だ」

「その説得までは請け負えないぞ」

池ノ端は頷いた。

「他人にそんな恥を任せられんわ。今度ばかりは、儂が命に代えても、奴にうんといわせる覚悟だ」

「それならばいいだろう。息子さんの名は？」

「上野《うえの》真治《しんじ》と名乗っておる。上野は本名ではない。あれは儂との関係を興行関係者に知られたくないらしい」

「ちなみに訊くが、家業というのは、極道か」

「そうだ」

「なぜ自分の身内にやらせない？」

「その質問に答える必要はなかろう。それとも臆《おく》したか」

沢井を見た。沢井は目をそらした。着手金の四分の一は沢井の懐ろに入る。やってもらいたいが、トラブルはもちこんでほしくないというのが本音だろう。

「ひきうけよう」

私はいった。通帳の残高が気になっていた。この老人ならば、着手金だけで残りを払い渋る、ということもなさそうだった。

池ノ端は、背後につっ立ち、今にも涎《よだれ》をたらしそうな巨漢をふり返った。

「胡桃割《くるみわり》――」

巨漢は車椅子を押しだした。ストゥールのうしろにまでもってくると、まるで壊れものの人形を抱くように池ノ端をもちあげ、車椅子にすわらせた。

「携帯電話の番号をいっておく。連絡はそちらにもらおうか」

池ノ端がいい、沢井がメモをとった。それを見て、池ノ端は懐ろから和紙でできた紙入れをとりだした。

「バーテン、なかなかの酒だった。釣りはいらん」

ピン札を一枚抜いた。私はいった。

「それは結構だ。今日の払いは店がもつ」

池ノ端は眉を吊りあげた。

「なるほど。ではこれはお前へのチップだ」

沢井は嬉しそうにうけとり、バーの扉を押し開いた。

「風が強いですから、お気をつけて」

外へと二人を送りだした。もみ手をせんばかりだ。

あとに残った私のことはおかまいなく、沢井は扉を閉めた。バー全体が揺れた。

私は煙草をとりだした。

やがて戻ってきた沢井がいった。

「えらく年代物のリンカーンコンチネンタルでした。足立の3ナンバーで」

「33でも330でもなく?」

沢井は頷いた。

「きっと由緒《ゆいしょ》ある組の名のある親分さんじゃないですか」

尊敬のこもった口調だった。

「そのわりには人材不足のようじゃないか」

「こういうご時世ですからね。ここはひとつ人助けだと思ってやったらどうですか」

私は首をふった。この仕事が誰かを助けるとすれば、せいぜい沢井くらいのものだろう。

2

「ＫＰＷ」の合宿所はすぐに見つかった。荒川の河川敷に近い町工場を借りうけたもので、一階にリングやトレーニングに使う器具がおかれ、二階が選手たちの住居になっている。そこで十二名の選手、関係者が、寝起きを共にしていた。

「ＫＰＷ」は、三年ほど前に、別のもう少し大きなプロレス団体から分派したグループだった。セメントマッチではなく、ショウ的な要素を強く押しだしているらしい。中心になっているのは、少し名を知られた二人のレスラー、「ザウルス・時田《ときた》」と「ボーン・キラー」という外国人だった。「ボーン・キラー」の名は、プロレスに興味のない私でも何度か耳にしたことがあった。確かメキシコ人で、ネイティブアメリカンの血が流れているというふれこみで、もう二十年はがんばっている金髪覆面《ふくめん》レスラーだ。

旗揚げから三年が経過していても、「ＫＰＷ」の懐ろ具合は決して豊かではないようだ。所属するレスラーは、大半が合宿所を生活の場にしており、トレーナー兼マネージャーの上野真治もそのひとりだった。「ザウルス・時田」だけが赤羽《あかばね》に住居をもっているという話で、「ボーン・キラー」は、「ＫＰＷ」に所属する三人のメキシコ人レスラーと共に、合宿所暮らしをしているらしい。

これらの情報を、私に伝えたのは沢井だった。沢井は元ボクサーで、その時代につきあいのあったスポーツ新聞の記者から仕入れてきたのだ。「ＫＰＷ」のプロレスは、今の時代にはまず見なくなった、善玉＝日本人レスラー、悪玉＝外国人レスラーというスタイルで、地方での興行が中心となっている〝見世物〟に近いものだという。したがって、スポーツ紙やプロレス専門誌でも、記事が大きく扱われることはほとんどない。「ＫＰＷ」の社長は、「ザウルス・時田」で、年齢はもう四十の半ばに達している。「ＫＰＷ」を支えているのは、地方の老人会と、赤羽でカラオケスナックを経営する「ザウルス・時田」の妻だという噂だ。

上野についての情報はほとんどなかった。「ＫＰＷ」に分かれる前の団体で、何度かリングに上がった経験があるらしいが、それについてはよくわかっていない。ただ「三度の飯よりもプロレスが好き」で、団体入りしたものの、芽がでず、トレーナーに転身した、ということだった。

池ノ端がバーにやってきた二日後、私は合宿所に近い商店街で、買物をする上野の姿を観察していた。

上野はトレーニングウエアを着け、同じようないでたちの若者二人を連れて、肉や野菜を買いこんでいる。ひとりの若者は、米の入った袋を肩にかついでいた。

二人ともまだ二十《はたち》に達していないだろう。ニキビの残る顔立ちで、ひとりは大柄だが、もうひとりはまだ発育過程にあるような、ひょろりとした体つきに眼鏡をかけている。いったいどれだけの食事とトレーニングを重ねたらプロレスラーの体になれるのか、私には想像もつかなかった。

率いている上野は、ずんぐりとはしているが、まあまあ身長のある方だった。襟より下にかかる髪を束ね、浮かない顔をしてビニール製のセカンドバッグを握りしめている。髪型をのぞけば、特徴のない中年男だった。猫背で声も低く、ぼそぼそとした喋り方には覇気《はき》が感じられない。格闘家だったという印象は薄い。

上野の買物は、どうやら日課のようだった。商店街の各店主も通行人も、トレーニングウエアのグループにさして注意を惹《ひ》かれているようすはない。キャベツを八玉や、豚バラ肉を五キロ、などと買いこんでいく姿も見慣れているようだ。

上野の方も、どの商店で何を買えばよいのかを熟知していた。商店街には、肉屋や精米店が何軒かあり、さらにスーパーもあったが、あらかじめどこで買うかを決めていたようで、足どりに迷いはなかった。

合宿所に女っけはない。買いこんだ食材を調理するのは、あるいは上野の仕事なのかもしれない。二人の若者に大量の荷をもたせ、さらに自分も両手いっぱいの袋を抱えて商店街をいく上野を眺め、私はそんなことを考えていた。

上野には、身を隠しているという実感はまるでないようだ。人目を気にするようすはない。ただうつむき、疲れを顔ににじませながら歩いている。

四十を過ぎた男にとり、ホモでもなければ、レスラーたちとの共同生活がさほど楽しいものだとは、私にも思えなかった。とはいえ、こうした生活に身をおくからには、本当にプロレスが好きなのだろう。やくざの跡目を継ぐよりは、確かにまともかもしれない。

商店街の肉屋で仕入れたコロッケをかじりながら、私は夜になってからも合宿所を監視していた。

合宿所の扉は閉まっているが、あたりが住宅街のせいもあって、マットで肉体が弾む音や気合い、サンドバッグを殴ったり蹴ったりする響きが外にまで洩れてくる。

　ここで暮らす大のおとなを誘拐するのは、それほど簡単な仕事ではなさそうだ。今回は、法に触れる手はあまり使いたくなかった。銃をつきつけて連れだす手もあるが、マネージャーが拳銃をもった男に誘拐されるという騒ぎは、弱小プロレス団体にとっては、格好の話題作りになりかねない。

　九時になると、トレーニングの物音が止んだ。やがて石鹸《せっけん》箱やシャンプーを手にした大男たちがぞろぞろと合宿所から現われ、近くの銭湯へ入っていった。その光景もまた珍しいものではないらしく、好奇の目を向ける者はない。

　――やあ、お帰り、今度は長かったね。

　番台からかけられる声が、表にまで聞こえてきた。すっかり地元に溶けこんでいるようだ。

　十時になると、一階の照明が消え、二階の窓に明りが点った。洗濯後の下着やトレーニングウエアを物干し場に干すのも、上野の仕事のようだ。

　私が止めた車の中からそれを眺めていると、携帯電話が鳴った。沢井だった。

「会いたいって人がみえてます、店に」

「仕事中だ」

「その仕事のことだそうです」

もし池ノ端で、気がかわったから着手金を返してくれということであれば、喜んでそうするつもりだった。

「電話、かわっていいですか」

「ああ」

上野の姿が建物の中にひっこんだ。夕方と同じで、憂鬱《ゆううつ》そうな顔つきをしている。あるいはもとからそういう顔なのかもしれない。

「お電話かわりました。父からあったお願いのことでお話があります。わたし、池ノ端夕カ子と申します」

女の声がいった。

「本名ですか」

「そうですけど、何か?」

「いえ。どうぞ」

偽名にしたのは伝司の部分かもしれない。

「直接会ってお話したいのですが」

四十一よりは若いように思えた。そこでいってみた。

「今、兄さんの住居の近くにいる。よかったらこちらにきてもらえないだろうか」

「北区ですね。ではこれからうかがいます。近くまでいったら、ご連絡していいでしょうか」

「かまわない。番号はバーテンダーに訊いてくれ」

私はいった。電話を切って十分後、再び沢井がかけてきた。

「そっちへ向かいましたよ。着物姿のきりっとした佳《い》い女ですがね、車の中にごついのを二人、待たせていました。ベンツです」

「金を返せといったか」

「いえ。ですが入ってきたときはけっこう高飛車でした。『ジョーカーって人に、おととい父が頼みごとをした筈だ。その件で至急話しあいたいから、段どりをつけてくれ』ってね。お父っつあんより、業界って感じで。でも本物の親子なのは確かです。目元がそっくりで」

私に話したいことがあるとすれば、ふたつにひとつだ。手を引け、か、父親ではなく自分に兄を渡してくれ、か。

いずれにしても断わることになる。

3

どちらでもなかった。

赤羽の駅に近い喫茶店で会った池ノ端タカ子は、確かに人目を惹く女だった。年齢は三十代半ば、髪を結いあげ、小紋《こもん》は着慣れたようすで、かたわらに黒革のジャケットにネクタイを締めた色男をすわらせていた。色男の名は、高木といった。それ以上の素性は名乗らない。「関東龍王会常盤組古橋一家」の人間なのか訊ねてみたい気もしたが、やめておいた。

タカ子は、周囲の客の耳を確かめて、私に告げた。

「兄を殺してくれます？」

色が浅黒く細面《ほそおもて》なところと、切れ長の目が確かに父親に似ていた。

「殺しは専門じゃない」

「さらうときに暴れたとか、そういうことにして、弾みで殺してもらえればいいの」

眉ひとつ動かさずにいった。

「お兄さんの家出は兄妹喧嘩《げんか》が原因か」

「まさか。兄は最初から家を継ぐ気なんかないの。なのに父はずっと兄に継がせたくて、この人に譲《ゆず》ろうとしない」

タカ子は高木を示した。高木は無言でにやついている。

「旦那《だんな》さんか」

「独身よ。地元の医者と結婚したのだけれど、看護婦とできちゃって。よくある話でしょ。で、この人に話をつけてもらった」

タカ子は煙草に火をつけた。高木が口を開いた。凄《すご》みをだしたいのか、わざと押し殺した声だった。

「外科の先生でね。両手の指を潰してやると威《おど》したら、いい値で慰謝料は払うから、と」

二人そろって、秘密を守るという意識が低いらしい。池ノ端が譲りたがらない理由も少しわかった。

「由緒がある組らしいな。おたくは」

タカ子は鼻を鳴らした。その仕草も父親と似ていた。

「古いだけよ。今さらテキ屋のシノギだけでやってちゃ、先細りだわ。なのにちっとも新しいシノギをやらそうとしないのよ」

「いっそ親父さんも殺しちゃどうだ。その方が早い」

タカ子は顔をしかめた。

「それが駄目なの。あの性格だから、いろんなつきあいがあって、後見人だとか兄弟分になってるところが多くて。身内で殺したら、どこからも相手にされなくなる。殺したってわからないやり方があるのならいいけど」

「亭主と別れたのは失敗だったな。医者なら上手にやってくれたろう」

ようやくからかわれたと気づいた。高木は目を細めた。

「おい。表には若い者を待たしてんだ。あんまりなめた口きくんじゃねえ」

私はタカ子に目を移した。

「兄さんには跡を継ぐ気がないのだろう。そこのところをわかれば、あっさり譲ってくれるのじゃないか」

「待てない。それにこの人は父に嫌われてる。あたしもよ。譲るくらいなら、廃業するっていいだしかねない」

その決断は正しいように思えた。

「じゃ兄さんが死んでも同じことになるかもしれない」

「父は、兄をさらうよう頼んだのでしょう。その結果、兄が死ねばがっくりくるわ。

自分が悪いのだと思って、考えをかえるかもしれない。とにかく、小さな頃からずっと、兄に跡目を継がせるのが、父の夢だったの」

「今回は、説得に自信があるようだ」

タカ子はまた顔をしかめた。

「あのちんけなプロレス団体を、組をあげて応援してやる、とでもいうつもりなのでしょうよ。うちはお金はないけど、あちこちに貸しがある。それを使えば確かに何とかなるかもしれないし」

「組のためにも、真治さんじゃやっていけない。若い連中も、いっしょに修業してきた俺をアテにしているんだ。このままじゃ、組員が路頭に迷うことになる」

高木は身をのりだし、いった。

「もしあんたが手を汚したくねえってのなら、さらったあと、真治さんを俺に預けてくれてもいい」

「同じ仕事で、クライアントを二人もつのはトラブルのもとなんだ」

高木の顔色がかわった。色白の頬に赤みがさした。

「あんまりつけあがるなよ。ケチなもめごと処理屋が極道甘く見ると、痛い目にあうぞ」

「おたくはテキ屋で、武闘派じゃないのだろ」

業界には、私のことを知っている人間が何人かいる。彼らは、「ケチなもめごと処理屋」だとは、少なくとも面と向かっては口にしない。

「だから何だってんだ。うちとことを構えようってのか」

高木の声が大きくなり、タカ子がたしなめた。

「やめなさいよ。とにかく、考えるだけ、考えておいてよ。悪いようにはしないから。そうね、父の倍、だすわ、兄を渡してくれたら。もしそっちでやってくれたら十倍」

「そんなにだすことはねえ。こいつは人を殺《や》る度胸がないだけなんだ」

高木が吐きだした。私は首をふった。

「好んで刑務所にいきたがる奴はいないと思うがな」

「この人の下にはいるわよ」

タカ子がいった。

「もしあなたが、父によけいなことを喋ったり裏切ったら、そういう若い子がとんでいくわ」

「そいつはおっかなそうだ」

「でしょ。だから考えといて」

タカ子は高木に目配せし、立ちあがった。それだけでは不足と見たか、立った高木は私におおいかぶさり、囁《ささや》いた。

「命は大事にしようや、なあ。誰だって、自分がかわいいだろうが」

4

池ノ端伝司に連絡して、おろしてくれ、ということもできた。だが、事情を知れば黙ってあきらめる、という老人ではなさそうだ。結果、親子喧嘩のあげく、あの老人が殺される羽目になる。

私が池ノ端に知らせれば、自動的にタカ子と高木の耳に入る。池ノ端の依頼の内容をなぜ二人が知ったかを考えれば、理由は明らかだ。鈍重《どんじゅう》そうに見えたあの巨漢は、意外に機を見るに敏《びん》、というわけだ。あるいはタカ子の帯を解くという栄誉に恵まれたのかもしれない。

いずれにしても、二人は、父か息子のどちらかを殺すつもりだろうし、その場合、殺しをもちかけた「ケチなもめごと処理屋」の口を塞《ふさ》ぐことも考えるにちがいなかった。

翌日も、商店街には買物をする真治と若い練習生の姿があった。

練習生の顔ぶれは前日とちがっていた。ひとりは、プロレスよりもバスケットボールが似合いそうな、百九十センチ近い長身の若者と、もうひとりはこれもまだニキビの跡が残る、浅黒い肌の外国人だ。

私は彼らと並んで乾物屋に入った。上野は納豆を三十パック買っている。どうやら表情に乏しいのは、もとからの顔つきのようだ。乾物屋の親父が、はい、二百万両のお釣りといって硬貨をさしだし、それに対し微笑みかけたときですら、悲しげに見えた。

「池ノ端さん」

私が呼びかけても、上野は聞こえなかったように無視した。

「上野さん、上野真治さん」

そう呼ぶと、先に訓練生が立ち止まった。上野はしかたなく、といったようすで私を見た。

「何です」

「お父さんに頼まれて、あなたを捜していました」

真治の表情はまったくかわらなかった。

「何も話すことはありません」

そのままでていこうとした。

「待って下さい」

私はトレーニングウエアの腕をつかんだ。驚くほど固い筋肉が内側にはあった。真治は冷たい目で私をにらんだ。

「俺をほっといてくれませんかね。父には前にもそういった」

「あんたの気持は尊重したい。だがそれで親父さんが死んだら、寝覚めは悪いだろう」

私は低い声でいった。訓練生のひとりは私を見つめ、もうひとりは日本語がわからないのか、アクビを嚙《か》み殺している。並べられているスジコのパックを珍しげに指先でつついた。

「――――」

私を無視し、上野が叱りつけた。スペイン語のようだ。若者はあわてて指をひっこめた。

「父は父、俺は俺だ。父がどうなろうと知ったことじゃない」

上野は私を見ていった。

「親父さんはあんたの団体を支援しようと思っているらしい」

上野は首をふった。

「テキ屋の世話になんかなりたくない」

「十分だけ、話をさせてくれないか。日課の洗濯物干しが終わってからでいい。外で待ってるから」

私は囁いた。近くで見ると、上野の髪には金髪を黒く染め直した跡があった。

「断わる」

とっさに思いついた。

「『ボーン・キラー』の秘密がばれてもいいのか？」

上野の表情が初めてかわった。私は思わず体を離した。一瞬、上野の背筋がのび、私は見おろされる形になった。

「十分だけ。だが気持はかわらないぞ」

上野はくいしばった歯のあいだからいった。細めた目には、高木などとうてい及びもつかないすごみがあった。

私は頷いた。

「ああ。それだけあれば充分だ」

乾物屋をでると、商店街には似つかわしくない、チンピラの姿があった。私とは視線を合わせないようにし、上野たちが店をでてくると、あわてて電柱の陰に隠れた。

私は上野たちとは反対の方角に歩き、コインパーキングに止めておいた車に乗りこんだ。チンピラは、上野ではなく、私を尾行していた。路上駐車していた黒のシーマが、チンピラを拾い、私の車を追ってきた。

少し遊んでやることにした。三十分ほど、北区から荒川区にかけての住宅密集区を走り回り、田端《たばた》のＪＲ陸橋で車を止めた。ロックをせずそのまま歩いて田端駅にいき、山手線に乗った。チンピラと運転手は、シーマから私の車を監視していた。

寝ぐらに帰り、池ノ端に電話をかけた。

「依頼の件だが、息子さんが説得に応じなかったらどうするつもりだ？」

「嫌とはいわせん。いざとなれば、奴のおるプロレス団体が興行できんようにしてやる」

「それじゃかえって逆効果だろう。第一、おたくの家業は、嫌がる人間が継げるようなものじゃないのじゃないか」

「お前の考えることではないわ。金をうけとった以上は、それだけの仕事をせんか」

息を荒くして池ノ端はいった。

「ひとつ聞かせてくれ」

「何だ」

「息子さんが跡目に応じず、あんたがあの世に呼ばれたら、家業はどうなる」

「古橋一家は解散する」

「誰か預けられる人間はいないのか」

「おらん。見かけだけの愚連隊もどきばかりだ。倅は、テキ屋を嫌っておるが、根性だけは本物だ。儂は息子のことをよく知っておる」

池ノ端はきっぱりといった。直後、なんだ、あっちへいっておれ、という声が聞こえた。

「すまん。胡桃割が寄ってきたのでな」

「わかった。今夜、バーにきてくれ。そうだな、午前零時頃がいい。年寄りにはきついか？」

「馬鹿をいうな。そのときに倅を渡してもらえるのか」

「努力してみる」

電話を切り、沢井にかけた。

「今日は零時で閉店してくれ、大事な客がくるかもしれん」

「それって嫌だな。店で何か起こす気じゃないでしょうね」

「そうならないようにするが、夕方寄るから道具を用意しておいてくれ」

「勘弁して下さいよ」

沢井は泣きそうな声になった。

「最近、けじめって奴がなくなってません？　うちはただの窓口でしかないんですから」

「じゃあけじめをつけて、パートナーを降りるか」

沢井はため息をついた。

「すぐそれだ。わかりましたよ。今回限りですよ。それからできりゃ、道具は見せるだけにしておいて下さい。ぶっぱなすたびに処分させられてるんで、高くついてしょうがないんですよ。一回の仕事で一挺《ちょう》使い捨ててたら、俺の取り分が残らないじゃないですか」

「今度はそのつもりさ。心配するな」

「わかりました。六時には店にでてますから、そのときに――」

拳銃を使う仕事になるとは思っていなかった。だが準備を怠って後悔する羽目にはなりたくない。相手が素人に毛の生えたような田舎やくざでも、刃物は刃物、銃は銃だ。万一ふり回されれば、怪我《けが》をする。自分が怪我をするよりは、相手に死んでもらう方がいい。

身勝手だが、それがプロというものだ。


乗り捨てたのとは別の車でバーに寄り、北区へと向かった。合宿所の前に止め、待っていた。

洗濯物を干す上野の姿を眺め、十分ほどすると合宿所の扉が開いた。ジーンズにフリースのジャンパーを着けた上野が現われた。私は車を降り、手招きした。

上野は首をふった。

「断わる。親父の使いなら、どうせまともな人間じゃないだろう。二人きりになって、刃物か何かをつきつけられちゃたまらない」

「じゃ、どこで話す？　このあたりに開いている喫茶店なんかないぜ」

「ここでいい」

　上野はいった。

「いっておくが、中には現役も含めて十人以上のレスラーがいる。何かあったらとびだしてくるぞ」

「別にそいつらの力を借りるまでのこともないのじゃないか。あんたは今でも体を鍛えているようだし」

　私がいうと、上野は腕を組み、私をにらみつけた。

「何がいいたい」

「別に。俺はあんたの秘密に興味はない。ただ、親父さんと直接会って話をしてもらえればそれでいい。俺の面目が立つんでね」

「お前の面目など知ったことじゃない。どうせ、親父の子分なのだろう」

　私は首をふった。

「それはちがう。俺はただ金で傭《やと》われただけだ」

　車のヘッドライトが路地の向こうを近づいてきた。この狭い住宅地でしかけるつもりだとすれば、本当に素人としかいいようがない。

「だとしたらよけい信用できんな」

「話は終わりだ」

私は上着の前を開いてみせた。上野がわずかに目をみひらいた。

「大きな声はださず、黙って俺の車に乗ってもらいたい。こんな住宅街でドンパチしたくはない」

「本物か、それ」

「ああ、本物だ」

私はふり向いた。ヘッドライトを点したメルセデスが、私の車のすぐうしろで止まるところだった。高木がひとりで乗っている。

エンジンは切らず、高木は車を降りた。

「久しぶりですね、真治さん」

上野は、私と高木を見比べた。

「どうなってる」

「私は真治さんの味方ですよ。組に戻りたくないって、あなたの気持を尊重したい。いっしょに相談しませんか」

高木は笑いながらいった。

「この男のことならご心配なく。真治さんには指一本、触れさせませんから」

「自分で殺す腹を固めたのか」

私はいった。高木の笑みが消えた。

「何をいってやがる」

右手が腰にのびた。それより先に私は三十八口径を高木の額に向けていた。

「銃をもつときは、いつでも抜けるようにしておくもんだ。さもなきゃ、初めから手にもってろ」

凍りついた高木の腰からトカレフをひき抜いた。呆然としている上野に訊ねた。

「運転はできるか」

上野は頷いた。

「じゃあこの男の車を運転して、俺のあとについてきてくれ」

メルセデスを示した。

「手前、裏切るのかよ」

高木が裏返った声でいった。

「誰があんたをクライアントにした？」

私はいい、高木を銃口で押した。

「こんな真似して、古橋一家を敵に回すつもりか、え？」

「親分の倅を殺そうとしておいて、敵も味方もないもんだ。トランクに入れ」

高木の顔が蒼白《そうはく》になった。

「勘弁してくれよ。あれは本気じゃなかったんだ。タカ子にあおられてさ……」

私は無言でトランクを開いた。

「頼むよ、真治さんからも何とかいって下さいよ」

高木の額に銃身を叩きつけた。呻いて、トランクの中に転げこんだ。トランクを閉め、拳銃をしまった。合宿所の内部やあたりの家に、騒ぎを気づかれたようすはなかった。

「やれやれ。ぶっぱなさないですんだ」

「タカ子が……、タカ子が俺を殺そうとしたのか」

上野はつぶやいた。

「どうやらそうらしい。こいつは、妹さんにたらしこまれて、甘い夢を見たんだな。ただし、あんたにも責任がある。そいつを親父さんと会って、ちゃんと果たしてもらおう」

上野は無表情になった。

「あの親父がわかってくれる筈がない」

「今夜は特別だ」

私はいって、トランクの蓋を叩いた。

「口添えしてくれる人間もいる」

5

二台で飯倉まで走った。バーの前までいくと、沢井の言葉通り、ひどく古いリンカーンが止められていた。中に人はいない。胡桃割もバーに入ったようだ。

高木をトランクから降ろした。話が一段落するまでおいておくことも考えたが、止まっている車の中で暴れられたら、通報される危険がある。

「死にたくなけりゃ、おとなしくしてろ」

「何でもいうこと聞くからよ、撃たないでくれ」

だがリンカーンに気づくと、表情がかわった。

「オヤジがいるのかよ」

「決着つけさせてやる」

私はいって、高木の背を押した。

上野がまず扉を開いた。三日前と同じようにカウンターにかけた池ノ端の姿が見えた。胡桃割は、バーの隅で車椅子を背に立っている。

ふりかえった池ノ端は無言で息子を見つめ、あとから入ってきた高木に気づくと眉をひそめた。

「高木、なぜここにおる」

私はうしろ手に扉を閉めた。

「おたくの大切な幹部だろ」

「幹部だと。心を入れかえるというから、破門せずにおいてやっとるだけだ」

「本人の意識はちがうらしい。息子さんが死ねば、組長になれると信じている――」

「ちがうんです、オヤジさん、聞いて下さい――」

私の言葉をさえぎり、高木は憐《あわ》れっぽい声をだした。それをさらに池ノ端がさえぎった。

「黙れ！」

私をにらんだ。

「どういうことだ」

「おたくのお嬢さんは、兄貴が跡目を継ぐのが嫌らしい」

池ノ端は無言で高木に目を移した。ストゥールを回し、ステッキで体を支えて立ちあがった。

そのとき、バーの扉が開いた。着物ではなく、パンツスーツのタカ子がするりと店に入りこんだ。扉に鍵をかけ、吊るしていたショルダーバッグからトカレフを抜いた。

「皆んな、動かないで」

池ノ端がかっと目をみひらいた。

「タカ子、気をつけろ！　こいつもチャカもってるぞ」

高木が叫んだ。そして私にとびかかった。

「手前、ふざけやがって！　ぶち殺してやる！」

私の拳銃を奪おうとした。だがのびた手が途中で止まった。上野の腕が高木の首をしっかりと抱えこんだからだった。高木は呻き声すらたてられず、顔面をまっ赤にしている。

「タカ子、それをおろせ。さもないとこいつの首をへし折る」

上野がいった。タカ子は目をみひらいた。

「何いってんの、そんなことできるわけないじゃない」

「できるさ。君の兄貴は、今でも現役のレスラーだ」

上野は息を荒くするようすもなかった。

「嘘！」

「本当だ。二代目『ボーン・キラー』」

私はいった。上野は無言で私を見た。否定も肯定もしなかった。タカ子の銃が上野を狙った。私が銃口をはねあげるのと、引き金がひかれるのが同時だった。

狭い店内に轟音が響き、天井の漆喰《しっくい》がとび散った。

「胡桃割！」

タカ子が叫んだ。胡桃割がのっそりと足を踏みだした。上野におおいかぶさろうとする。

池ノ端がステッキをふるった。仕込みになっていた。およそ六十センチの刃を眼前につきつけられ、胡桃割の動きが止まった。

「お前が通じておることはわかっておったわ。倅に手をだしてみろ、首をはねてやる」

高木の黒目が裏返った。上野は手を離した。高木の体が床に転がった。

「死んだのか」

池ノ端が訊ねた。静かな声だった。

「いいや。落ちただけだ」

上野も抑揚《よくよう》のない声で答えた。

私は力の抜けたタカ子の手からトカレフをとりあげた。喉元に刃をつきつけられた胡桃割は、目だけをきょろきょろと動かしている。途方に暮れているようだ。

池ノ端が胡桃割の肩を刃先で叩いた。派手なジャケットの肩がすっぽりと裂け、巨漢はひざまずいた。

「貴様ら、腐《くさ》っておる」

池ノ端が吐きだした。私はいった。

「おたくの内輪もめに興味はない。そっちで処理してもらおうか」

そして上野に告げた。

「今日のところは、あんたが親父さんを連れ帰ってやる他ないぞ」

上野は無言で頷いた。タカ子は唇をかみ、兄をぎらぎらと光る目で見つめていた。

「――組の者を呼ぶ」

池ノ端が口を開いた。

「お前の世話にはならん」

上野は驚いたように池ノ端を見た。

「好きにするがいい。もう、古橋一家は廃業する。儂もうんざりしたわ」

池ノ端は吐きだした。

「いいのか、本当に」

しばらく無言でいて、上野が訊ねた。

「ああ」

池ノ端はいって、仕込みをカウンターにおき、電話をとりだした。電話を切ると、

「三十分で迎えがくる」

とだけ、告げた。上野は父親を見つめた。

「迎えがきたら、俺は帰る」

池ノ端は無言で頷き、ストゥールに腰をおろした。そして、

「一対一の水割りだ、バーテン」

と、沢井に命じた。

ジョーカーの伝説

1

風が強いというのに、妙に生あたたかな晩だった。この時期にしては珍しい気圧配置なのだろう。古いバーの扉のすきまから聞こえるひゅうひゅうという音はコートの襟を立てたくなるほどなのだが、実際はコートなど着ていようものなら汗ばんでくるほどだ。

「ドアを早く直した方がいい」

一段と強い風に押されて、扉が悲鳴に似た軋《きし》みをたてると、私は沢井にいった。

沢井はカウンターの内側にかけ、煙草を吸っていた。つい最近、二度目の禁煙に失敗したばかりだった。元ボクサーのプライドが今の肉体を許せなくなり、禁煙とジム通いを、ふた月前に宣言したのだ。それがあっけなく潰《つい》えたのは、そのでっぷった腹を「かわいい」といってくれる二十一のキャバクラ嬢と知りあったからだった。財布のヒモの固さとがめつさに関しては、シャイロックも教えを乞おうかというこの男が、三日にあげず、その娘の店に通っているらしい。もっともここの仕事があるので、通うのは夕方に近い早い時間、いて一時間というから、完全に溶かされてしまったわけではないようだ。

「募金箱でもおこうかと思っていたんです。こんなボロ家になっちまったのは、年季のせいだけじゃありませんからね」

沢井は動じるようすもなくいった。確かにこの数年に何回か、この店で暴れた客がいた。私の客だ。

「家賃は払ってると思ったがな」

やんわりと抗議すると、沢井は指先の爪を眺めた。若い女とつきあいだしてから〝深爪〟の癖がついた指先だ。

「更新料は一度ももらってませんがね」

「お互い、そろそろ引退の時期かもしれんな」

「どうぞご自由に。俺はまだまだ足りません。そっちとちがって左うちわというわけにはいきませんから」

バーに他の客はいなかった。もともと常連以外の客はめったに足を踏み入れない店とはいえ、このところの寂《さび》れかたは確かに異様だ。私以外の客がひとりも訪れない夜を、今年に入ってから何度か数えている。

「引退は、預金通帳と相談しても決められん。もともとがそれほど割りのいい商売じゃない。潰しもきかないしな」

「だったらなんで引退するんです？　体力の限界って奴ですか」

「そんなものはとっくに超えている。単に嫌になったから、じゃ駄目か」

沢井は欠伸《あくび》をかみ殺した。

「ぜんぜんかまやしませんがね、それだったら跡目を決めていって下さい。うちはまだ商売をつづけなけりゃならない」

「見つけろよ」

いうと、ぎょっとしたように私を見た。

「本気なんですか」

「悪いとは思わんがな。跡目が決まったら、この国をでていく。もっと安く暮らせる場所を捜すさ」

「タイはヤバいらしいですよ。暇すぎてクスリに手をだして駄目になった人間がいっぱいいるって」

「誰がタイにいくといった？」

「多いじゃないですか。引退してタイに住む連中。オーストラリアってのもいるけど、田舎すぎてやってらんないっていうし」

「タイにいきたいのはお前だろう」

沢井はにたっと笑った。

「いいっすね。プールつきの家かなんか建てて、メイド雇って、好きな姐《ねえ》ちゃんとのんびり暮らす。夢ですよ」

扉が再び軋んだ。だが今度は風ではなく、客だった。

ニットの長いカーディガンにジーンズを着けた女だった。膝下まであるブーツをはいている。二十八、九で、美人とまではいかないが、愛敬《あいきよう》のある顔立ちだ。化粧ばえのしそうな造作なのに、ルージュを薄くひいている以外は素顔だった。四角く大きなショルダーバッグを掛けている。このバーに縁のあるタイプではない。

女は緊張しているように見えた。ぎこちない仕草《しぐさ》で私からひとつ離れたストゥールに小さな尻をのせた。カウンターの上にのせたバッグには重いものが入っていた。

「――いらっしゃいませ」

沢井がやさしくも冷たくもない声でいった。女は頷き、バッグを開くと中に手をさし入れた。ノート型のパソコンらしい箱が見えた。マルボロのメンソールをとりだし、口を開いた。

「レッド・アイ、下さい」

沢井は無言で仕事にとりかかった。缶入りのトマトジュースとビールの小壜《こびん》をとりだし、氷を入れたグラスと並べた。

「お待ち合わせですか」

「え？」

女は一瞬驚いたように沢井を見直し、

「あ、はい」

と頷いた。

「ジョーカーって方がここにいらっしゃると聞いて」

沢井が目で私を示した。女は驚いたように自分で注ぎかけたビールをグラスの外にこぼした。

「えっ。あの……あなたがジョーカーさんですか」

「想像とちがっていたら申しわけない。金はもってきたか。着手金だ」

私は答え、訊ねた。

「えっ、いえ……。もってないです。いくらくらいなんですか」

「それを知らないできたのなら、帰った方がいい。あんたに俺は雇えない」

「でもあの……。話くらいは聞いてくれるんですよね」

女はまじまじと私を見ながらくいさがった。私は首をふった。

「話を聞くこともギャラに含まれる。着手金がないなら、話も一切なしだ」

「いくら、ですか」

「あんたにここを教えた人間から聞かなかったのか」

「それが……噂でしか知らなかったので」

沢井の表情が険《けわ》しくなった。

「噂？　噂でこのバーの名前をだした人がいるんですか？　どこでそんな話を？」

私は煙草に火をつけた。

「そうじゃなくて、お店の名前までは知らなかったんです。ただ飯倉のどこかにあるバーで、ジョーカーという人が、裏の仕事をひきうけているって……」

「裏の仕事？　何です、それは」

沢井は顔をしかめた。

「あの、いくらお払いすればいいんですか。現金はありませんけど、カードなら

「……」

女は急に私に話しかけた。

「裏の仕事と聞いてきたのだろう。だったらカードやチェックが通らないことくらいは、想像がつく筈だ」

私は冷ややかにいった。

「だったらせめて額を教えて下さい。次くるときに用意してきます」

「百だ」

「百、万、円、ですか？」

女はあきれたようにつぶやいた。

「そうだ」

「そんなに高いんですか」

私は無言だった。百万円を高いと思うような人間は、私に仕事を頼みにはこない。それは客の懐ろ具合の問題ではなく、他に頼める者がいない、という意味だ。この女がそんなに切羽詰まった悩みを抱えているとは見えなかった。

私が黙っていると、女は決心をしたようにいった。

「あの、そこの銀行のＡＴＭで五十万ならすぐおろしてこられます。残りは明日届けますから、話だけでも聞いてもらえますか」

沢井を見た。沢井があきれたように息を吐いた。私はいった。

「百万ですまなかった場合、残りも払えるのか？　払えないときはすべて無駄になるぞ」

女は頷いた。

「何とかします」

「じゃあ金は全額、明日でいい。話を聞こう」

沢井が目をむいた。なんて馬鹿なことを、と無言で訴えている。

女の表情がぱっと明るくなった。

「本当ですか⁉　ありがとうございます」

沢井はあきらめたのか、カウンターの内側に腰をおろした。視線をそらし、煙草に火をつけた。

「あんたの名前を聞かせてくれ」

「渋木《しぶき》といいます。渋木香里《かおり》。仕事はあの、フリーのライターをしています」

「で、依頼の内容は？」

「ある人を捜していただきたいんです。居場所がわかったら、会って話を聞きたいと思っています」

「知りあいじゃないのか」

「はい」

香里は答えた。

「捜してほしい人間の名前は？」

「本名はわかりません。渾名なら知っています。『二塁手』または『セカンド』っていわれている人です」

沢井が思わず香里を見た。あっけにとられたような顔をしている。私の視線に気づき、素早く首をふった。

「その人間の話なら聞いたことはある。だがもう生きていないと思うぞ」

私は答えた。「セカンド」は、この世界では有名な人物だった。老舗の殺し屋だ。

香里は瞬きし、私を見つめた。

「どうしてそう思うのですか。会ったことがあるんですか」

「ない。噂だけだ。だが『セカンド』が仕事をしていたのは大昔だ。あんたが生まれる前、一九六〇年代から七〇年代にかけてだ。この二十年、まるで名前を聞かない。仮りに生きているとしても廃業しているだろう」

「いいんです、廃業していても。むしろその方がいいかもしれない」

香里は私を見つめた。

「何のために話を聞くんだ？」

「仕事です。本を書いているんです。『裏社会の掟《おきて》』という。本物の殺し屋という人に会ってインタビューをしたいと思っているんです」

「気は確かか」

「え？　はい」

「殺し屋が殺し屋でした、と自分の懐古談《かいこだん》を語ると思うか」

「もちろんそれはわかります。だからこそ、してみたいんです。やくざだとか闇金融の人を除けば、そういう本物の裏社会の話を書いたノンフィクションは、本になっていませんから」

「――その場合、ここのことも書くんですか？」

沢井が突然訊ねた。

「ご迷惑なら、名前はもちろん伏せます。ジョーカーさんのことも取材の過程で知りました。本当はジョーカーさんにも取材をお願いしたいんです。できればその仕事のやり方とかも見せていただいて」

私は首をふった。こんな馬鹿げた依頼は初めてだった。だが沢井がもっと馬鹿げたことをいった。

「いいじゃないですか。まるまるその通りってのはまずいけど、うまくぼかしてやれば宣伝になりますよ」

「このバーのか？」

「にもなるし、そちらの宣伝にも」

「借りがあると思っている奴らが続々とおしかけてくるぞ」

「だって考えてみて下さいよ。こんな素人のお姐さんでも、『ジョーカー』って名前を手がかりにうちのバーを訪ねてこられたんだ。恨みをもってる連中なら、とっくにつきとめてますよ」

私は香里を見た。

「どこで俺のことを聞いた」

「新宿です。名前はいえませんけれど、元暴力団にいた人から。『セカンド』の話もその人からです」

「ほら。どうせ業界じゃ有名人なんですよ」

沢井は嬉しそうにいった。

「商売のやり方をかえる時期じゃないですかね」

「あの、決して茶化したりとか興味本位だけでは書きません――」

香里はいってバッグを開けた。束ねたコピーをとりだした。

「これがわたしが今まで書いた記事です。まだ本にはなっていませんけれど、今回の取材で、一冊分になります。出版してくれる社も決まっていますし、硬派のノンフィクションでやっていこうと思っているんです」

渋木香里という署名の入った記事だった。裏風俗や故買屋《こばい》、蛇頭《じやとう》などのインタビューだ。香里はいった。

「女であることで得をした、とは思っています。男の人ほどは警戒されませんから。もちろん恐い目にもあいました。でも体を張った取材をせずには、いい原稿は書けないと信じて我慢しました」

「我慢しても生きられればいいが、それきりって場合もある。考えてもみろ。ノンフィクション作家という連中が、今まであんたと同じようなことを考えなかったと思うか。本物の殺し屋のインタビューなんて、そりゃおもしろいと人は思うだろう。だが記事になってはいない。なぜだ？　見つけられなかったのか？　そうじゃない。たぐっていけば、鼻のいい奴ならいつかは本物の殺し屋と会えるさ。だが記事にはならない。記事にできなかったという記事すら見たことがないだろう。なぜだと思う？」

香里は硬い表情で頷いた。

「わかっています。この業界でも、中国人の裏ロム工場や、麻薬の密売組織に潜入取材をしようとして、それきり行方不明になってしまったライターはいます」

「だったら——」

「だからこそジョーカーさんにお願いしているんです。ジョーカーさんなら、わたしの身を守って取材もさせて下さる。お金を払えば必ず答をだしてくれる。誰かを殺したいという依頼でも、自分は手を下さないけれど、プロを紹介してくれる、そう聞きました」

「確かにどんな仕事でもうける。ただこれは別だ。いいか、あんたは取材さえ終わって本さえだせば、二度とこの業界とはかかわらない。だが俺はちがう。これからもやっていかなけりゃならない。ひとつだけ教えてやろう。こういう仕事をしていれば、別のプロと利害が対立することはある。場合によっては切った張ったというケースも、な。だがどちらが勝とうが負けようが、その仕事が終われば恨みっこなしだ。次に会うときはチームを組む羽目になるかもしれん。それがプロだ。野球選手と同じだ。たとえ敵チームとして戦い、グラウンドで乱闘していたとしても、トレードされれば仲間になる。ただしあくまでも内側を向いた話だ。互いにプロだからそうなるのであって、アマチュアの、それもマスコミの人間をひきずりこんだらそうはいかない。俺は全部の信用を失くす。この世界で一番長生きできないのが、口の軽い人間なんだ」

「でもいろいろ話してくれる人もいました」

「それは本物じゃない。少しだけのぞいたことのあるアマチュアだ。そういう連中は、たいした事実を知りはしない。だから放っておかれる。裏の人間は、新聞や週刊誌の記事がまちがっているからって、抗議をしたりはしないからな。『あの殺しをやったのは、つかまったあいつじゃない。本当は俺だ』そんな奴がいると思うか？」

香里はひきさがらなかった。

「難しいことはわかっています。でもジョーカーさんにも、『セカンド』にも、決してご迷惑をおかけしないようなやり方をします。原稿は、活字にする前に必ずチェックしていただきます。ですからお願いします」

「駄目だ」

私はきっぱりいった。

「ではこうさせて下さい。『セカンド』を捜す仕事だけをひきうけて。あとはわたしがひとりでやります。そのかわり、ジョーカーさんの仕事ぶりをドキュメントさせて下さい」

沢井を見た。

「このバーのことも、ご迷惑じゃないように書きます。カタギの社会にだって、ふつうの探偵事務所や弁護士さんに相談できないような悩みを抱えて困っている人がたくさんいます。そういう人たちにジョーカーさんの存在を知らせてあげるのは、悪いことではないと思います」

沢井は小さく頷いている。私は腹の中で沢井を罵った。

「断わる」

「聞いて下さい。わたしはどうお願いしようか、ずっと考えてきました。ただの依頼人ということで、途中まで黙って『セカンド』を捜していただこうかとも思いました。でもそれはだましうちだし、背信行為だと思ったんです。最初からわたしの目的をすべてお話ししてお願いしよう、そう決めてきたんです」

「立派だな。だが駄目だ」

香里は沈黙した。

「金はいらん。二度とここにもくるな。断わられたという話を書くのは、あんたの勝手だ」

「ジョーカーの名が泣きますよ」

「何だと？」

「七並べでジョーカーは、つながらない数と数の間を埋めるのに使う。それがキャッチフレーズなのでしょう」

香里の目に挑むような光が宿っていた。

「どんなにヤバい仕事でも断わらない。それもモットーだったのじゃないですか」

私は新しい煙草に火をつけた。

「その通りだ」

「だったらひきうけて下さい。ノンフィクションライターは、多くの場合、取材費は自前です。百万円はわたし自身のお金です。わたしはお金持でも何でもありませんが、いい原稿を書くためには、できるだけのことをしたいんです」

「他を当たれ」

「こんなこと頼めるのは、ジョーカーさんだけでしょう。東京中を捜しても」

その通りだろう。というより、こんな依頼をうける本物のプロなどひとりもいない。

「やりませんか」

沢井がいった。真顔だった。依頼をうけるうけないの決定権は私にある。うけて、あとから文句をいわれたことはあったが、断わろうとする依頼に、沢井がうけろというのは初めてだった。

「そんなにここを宣伝したいのか」

「それもありますがね。このお姐さんは本気ですよ。もし断わられても、またあちこちにいって『セカンド』や他の殺し屋を紹介しろと頼んで歩くかもしれん。それで埋められちまったら、寝覚めが悪い」

「口は出さない約束だ」

沢井は頷き、息を吸いこんだ。

「でも引退を考えているんでしょう。だったらいい機会じゃないですか。何だったら、この件に限って、俺の取り分をそっちへ回しますよ」

「本気でいっているのか」

「ええ、本気です。何かこういうのもありかもしれない、と思ったんです。こんな時代ですから」

そのときバーの電話が鳴った。沢井が受話器をとった。店名は決していわない。

「はい。はい、そうです」

相手の言葉に耳を傾け、

「どちらさまですか」

と訊ねた。そして私を見た。

「明穂《あきほ》って女、知ってますか」

一瞬、今までのやりとりのことを忘れた。

「知ってる」

「なんか親父さんが亡くなったという話らしいんですけれど、喋りますか」

私は香里を見た。

「考えておくから、明日の晩、もう一度ここにきてくれ」

追いはらうにはそういうしかなかった。香里の表情が明るくなった。

「ありがとうございます！」

ストゥールをすべりおりた。

「あの、ここのお勘定は——」

沢井がいらないと手をふった。香里は何度も礼とお願いしますの言葉を口にして、バーをでていった。

私は受話器をとった。

「もしもし」

「久しぶりね」

聞きちがえようのない声がいった。十五年はたっていたが、その声は覚えていた。

「父が亡くなったわ。知らせだけしておこうと思って」

「いつだ」

「一昨日。入っていた老人ホームの庭で。散歩にでて、看護婦さんが目を離しているすきに、心臓の発作をおこしたみたい。戻ってきたら亡くなってたって。今朝、茶毘《だび》に付したわ」

「老人ホームはどこだ?」

「くるの?」

驚いたように訊ねた。

「いけないか」

「父は喜ぶと思うわ」

いって、明穂は場所を教えた。茨城の大洗《おおあらい》に近い、海辺の町だった。

「明日、うかがう」

私は受話器をおいた。

「古い知り合いですか」

沢井が香里の使ったグラスを洗いながら訊ねた。私は沢井を見やり、少し間をおいて答えた。

「先代のジョーカーの娘だ」

2

先代のジョーカーは、本名を田中《たなか》といった。田中史朗《しろう》。ありふれた名だ。老人ホームにはその名で入っていた。

ホームは、鹿島灘《かしまなだ》を見おろす高台にあった。車で出向いた私を迎えた明穂は、先代がここに入って七年になる、と告げた。

「父は引退を決めてからしばらくあたしと暮らしていたの。けれどあたしの結婚が決まると、ひとりで動いてさっさと入所を決めてきた。ひとつ目のホームが八年で潰れて、ここはふたつ目」

「俺たちが会うのは十五年以上ぶり、ということか」

「十八年ぶり」
明穂は答えた。少しふっくらとして、目尻に皺がある以外は、二十代の頃の面影が
すべてそのまま残っている。明穂は水戸《みと》ナンバーの国産セダンを運転してきていた。
「こっちよ」
何度も父親を訪ねて、ホームの人間とは顔馴染《なじみ》のようだ。会釈《えしやく》だけをかわしなが
ら、明穂は、駐車場からホームの建物をつっきり、庭にでた。庭の正面に木立ちに囲
まれた小道があった。それを抜けると、花壇と四阿《あずまや》のある、海を見おろす小庭園にで
る。手すりが渡され、ベンチが数脚おかれていた。
「午前中、看護婦さんに押してもらって、ここまで散歩にくるのが日課だったの。二
年前から車椅子で。古傷がいよいよもたなくなっちゃったのよ」
先代は、五十代の初めに、右膝を割る大怪我をしていた。
強い風と荒い波の音が、明穂の声にかぶった。私は首をふった。
「一度もこなかった」
「いいのよ。田中史朗になったあの人とあなたとでは接点がない。看護婦さんがホー
ムに用足しにいって、戻ってみたら、車椅子の上でそのままこと切れてたって」
「そうか」

私は先代の年齢を思い返した。引退したときが五十七だから、七十七になる。ちょうど二十年だ。私がジョーカーを名乗り始めて。

「そのときここには誰もいなかったし、ホームに外部からの客もきてなかった」

明穂は私の考えを読んだようにいった。

「もともと心臓はだいぶ弱っていたみたい。幸せなのじゃない？　こういう逝《い》きかたなら」

「そうだな」

私は頷き、手すりに歩みよった。年寄りが毎日眺めるにしては、荒々しい海の光景だった。明穂がかたわらのベンチに腰をおろし、バッグから煙草をとりだした。携帯用の灰皿ももっている。

「孫の顔も見られたし、現役時代を考えたらずいぶん恵まれていたと思うわ」

私は明穂を見た。風がその唇から煙を奪いとっていく。男っぽい煙の吐き方もかわっていなかった。それが妙に好きだった。

「孫、いくつだ？」

「高一と中二」

そういう答えられかたをしても、とっさに年齢が思い浮かばなかった。

「十六と十四よ」

明穂がいい直した。

「そうか」

「二人とも男だからたまらないわ。口だけは一人前で、食欲は二人前。家のことになると合わせても半人前にもならない」

私は苦笑した。明穂の口から子供の話を聞くのは、何とも奇妙な気がした。同時に、わずかだが苦い思いも味わった。

携帯用の灰皿に灰を落とし、明穂は訊ねた。

「所帯はもったの？」

「いや。先代とは時代がちがう。もちようがない」

「そうね。亭主の仕事を詮索《せんさく》せず、ただ家で待ってる女なんていないかも」

明穂はつぶやいた。そして私を見つめた。

「二十年になるのね。あなたが継いで」

「今日まで忘れていた」

「電話をしなきゃと思ったけど恐かった。『ジョーカーって誰ですか』って訊き返されるか、全然別の人が『はい』ってでてくるのじゃないかって」

「死んでも死亡欄には載らないからな」

明穂は頷いた。

「この何年か、ときどき父はあなたの話をした。死んでいるのじゃないか、自分の時代とはすっかりさまがわりして、きつくなってるだろうって」

「相手がかわった、それは確かだ」

それだけを答え、私は話題をかえた。

「今はこの近くに住んでいるのか」

「水戸市内よ。結婚した相手がこっちの人間だから移ってきたの。でも四年前に別れちゃった。今は友だちのブティックを手伝っている。家賃はかからないから、やっていけるって感じね。東京よりものが安いし」

「そうか」

明穂は吸いかけの煙草を灰皿に落とし、蓋《ふた》をして立ちあがった。

「渡さなけりゃならないものがあるの。自分が死んだらあなたにって、いわれてたから。今日ここにはもってきていないけど、二、三日うちに用事で東京にでるから。連絡とれそう？」

私は携帯電話の番号を教えた。それで話は終わりだった。無言のまま木立ちを抜け、庭とホームを横ぎった。明穂はホームとの事後処理があるからと残り、私とは建物の玄関で別れた。

十八年ぶりの再会に感慨を覚えているのは私ひとりだった。それも当然かもしれない。先代ジョーカーの娘であっても、明穂は表の社会の人間として生きてきた。先代は、私と明穂との関係を許さなかった。別れるか、ジョーカーの名を捨てるかだ、と迫った。その頃の私は、仕事がおもしろくてしかたない時期だった。先代はそれを見越していたのだ。

あれ以来、暮らしたいと思った女とは出会っていない。それもまた当然だ。この世の中に、私の仕事を私以上に知っている女は、明穂しかいないのだから。


その夜、再び香里がバーにやってくると私はいった。

「『セカンド』は捜してやろう。ただしこれ以上深入りしたら危いと俺が思ったら、そこで終わりだ。その過程であんたがどんな違法行為を目撃しても、俺の許可なしでは書くな」

香里の目が輝いた。輝いたときの香里の目は毒舌《どくぜつ》を放つときの明穂の目に少しだけ似ていることに、そのとき気づいた。

「じゃ、同行取材もオーケーなのですね」

「俺が許可した場合に限ってだ」

「ありがとうございます！　これ」

香里はバッグから封筒をだした。私は沢井に投げた。

「数えろ」

沢井は数え、

「ありますよ」

と頷いた。

「しまっとけ」

「いいんですか」

「たとえこれが最後でも、今までのやり方をかえる気はない」

香里に向き直った。

「仕事は明日の昼から始める。早きゃ、二、三日うちに片がつく」

香里は頷いた。

「写真は撮れそうですか？」

「いっさい駄目だ。スパイもどきの小道具なんか使ったら、その場で消されると思え」

「録音は？」

「電話とか相手に気づかれないときだけは、してもかまわない。あとは特に俺がいい、という場合だけだ」

香里は名刺をさしだした。ファックス兼用の自宅の電話番号と携帯の番号が入っている。住居《すまい》は代々木だった。

「午前中に連絡を入れる。そのでかいバッグはもってくるな」

「わかりました。ありがとうございます。失礼します！」

大声でいい、香里はでていった。私は沢井と向かいあった。今夜も他の客はいなかった。

「先代てのがいたんですね」

我慢できなくなったのか、数分後、沢井は口を開いた。

「中国生まれで、十代の終わりから向こうの特務機関の仕事をこなしていた。戦後しばらくはＧＨＱに雇われていたが、一九六〇年代に独立した。最初は芝《しば》、次はこの近くの、今はもうなくなったバーが事務所だった」

「じゃ、そのやり方はかわってないんですね」

私は頷いた。

「それこそ昔は、口コミでしか客がこない。やり方をかえるわけにはいかなかったのさ」

先代と会ったのは、アフリカ戦線から帰ってきた頃だった。石油と武器を扱う密輸商の用心棒を私はひきうけた。取引上のトラブルが生じ、処理に雇われた先代と私は向き合った。だがトラブルには演出家が別にいた。密輸商を消すためにCIAが仕組んだのだ。筋書では、先代が私の雇い主を殺し、私が先代を殺す。そんなことになる筈だった。

先代が裏をかいた。途中で私もそれに気づいた。CIAにはさんざん痛い目にあっていたからだ。連中は、紛争地帯でのハシゴ外しの名人だ。だが私の雇い主は殺され、私が犯人にされそうになった。それを救ったのが先代だ。気まぐれだったのか、偶然か、先代は最後まで教えなかった。ただ私は借りができた。

その後先代が仕事の途中でKGBのエージェントに足を折られ、私は借りを返すためにつづきを請け負った。それから何となく、パートタイムで先代のアシスタントをするようになった。

五十七のとき、先代は引退を決め、それまで使っていたバーでの「ジョーカー」という通り名を、私がうけついだ。

「じゃうちは三軒目ってことですか」

「そうだ。前の店は、俺がうけついで二年で潰れた。その直後、お前がここに店をもったんだ」

　かつて池袋の工事現場で、沢井とは殴り合ったことがあった。元プロボクサーだったが、グラス・ジョー《ガラスの顎》が災いして別の道へと進んだのだ。どのみちプロボクサーで成功するには、金勘定に頭が働きすぎる男だ。

「ジョーカーを必要とする人間は、もともと決まった人種だ。代がわりをしても、連絡方法さえ同じならば、客はつながっていく。特に以前は、同じ客の仕事を請け負うことが多かったからな」

「今ならインターネットって手がありますよ。タウンページに広告がだせない商売でも、インターネットなら客を集められます」

「俺の次の代だな」

「本当にやめちまうつもりなんですか」

「さてね。休みたい気もするが、休業が通る商売じゃない。半年休めば、客は、他の人間を捜す。半年後でも片づくような話だったら、ジョーカーに頼みにこないだろう」

「考えてみるとキツいですね。世の中にはもっと楽に稼いでいる奴がいっぱいいる。それか同じヤバい橋を渡るのでも、一回のアガリがもっとでかい仕事を選ぶでしょう」

「格好をつけるわけじゃないが、人に頼まれてやる仕事と、自分がいい思いをしたくてする仕事はちがう。どのみち、人殺しだって今は中国人に頼めば、安くあがる。多少仕事は雑だがな」

沢井は首をふった。

「あのお姐ちゃんが聞いたら喜んだでしょう。こっちの世界にもデフレの波って奴がおしよせてるって」

「俺が引退したら、お前が誰かを見つけて仕込めばいい」

「無理ですよ。俺には仕込めない。知ってるでしょう、俺が血に弱いのは」

私は苦笑した。沢井は真剣な顔になった。

「やめるなとはいいませんが、せっかく前の代からしょってきた名前です。次のいいのが見つかるまではがんばりましょうよ」

「見つける前にくたばっちまえばそれまでだ」

「嫌だ、嫌だ」

沢井は首をすくめた。

「そんな話、聞きたくなかった」

3

翌日の午前中、私は何人かの知り合いに連絡をとってみた。「セカンド」に関する情報を仕入れるためだ。
おおかたの人間が「セカンド」の名を聞いたとたんに噴きだした。
――おいおい、そんな化石みたいなのに仕事を頼もうってのか。養老院の爺《じい》さんにチャカもたせて、何をしようってんだ
――仕事を頼むんだったら、もっと安くて腕のいいのがいるだろう。もう十年は噂を聞いてねえぞ
――いたなぁ、そういや、「セカンド」ってのが。懐しいね。もうとっくに棺桶《かんおけ》の中だろうが

ひとりだけちがう返事をした男がいた。

「去年だったかな。街金《まちきん》の愛人だったホステスが、くすぶりのサルベージ屋と組んでオヤジをはめたって話があってな。今年に入って二人ともきれいに片された。男は首吊って、女は風呂場で溺《おぼ》れ死に。これが『セカンド』の仕事だって噂を聞いたよ。爺さん、まだがんばってんなって、驚いた」

「現役なのか」

「か、たまたま銭が要るようになって、楽そうな仕事だからうけたのか。サルベージ屋も女とつるむくらいだから、優男《やさおとこ》だったらしいから」

「ツナギはどうなってる？」

「いや、わかんねえな。昔は、組関係で、バイトのツナギやってんのがいたけどな、今はばれたら上までもっていかれちまう時代だから、いないだろう」

相手は用心深くいった。

「その街金てのはいくつだ？」

「もう六十は超えてる。月島《つきしま》の古手だ」

ツナギになった人間がいる筈だ。本人を責めても口は割らないだろう。プロの殺し屋を雇った人間が「雇った」と吐けば、それは殺してくれと頼むのと同じだ。たとえ警察につかまっても、口は割らない。警察は実行犯をつかまえない限り、嘱託《しょくたく》殺人を立証できないからだ。中途半端に依頼人が口を割るのは、頼んだのがプロではない場合に限る。

「それ以外で『セカンド』の仕事を何か知らないか。昔話でいい」

「おいおい。そんなもの宣伝する奴がいるわけないだろう。まあ、古い噂で俺が知っているのは、十年前の刑事《でか》殺しだ」

「刑事殺し？」

「江東《こうとう》署の刑事課長が、自宅で撃ち殺された件さ。過激派だ何だって騒がれたが、結局お宮入りになった。あれが『セカンド』の仕事で、刑事をやるくらいだから、引退だろうっていわれたんだがな」

「月島と江東署なら近いな。あのあたりなのか、『セカンド』の仕事場は」

「だいたい銀座《ぎんざ》から東だったがな。こんなご時世じゃ、そんなこともいっていられないだろう」

礼をいって電話を切り、別の男に電話を入れて待ち合わせた。警視庁の捜査一課に四年前までいた。上司とそりが合わずにやめ、今は小さな警備会社の役員をしている。もともとが癖のある男で、いったん思いこむと違法性の高い取り調べを平気でやるところがあった。表向きは依願退職だが、実際はクビに近い。自分は有能すぎてクビになったのだと思いこんでいる。退官前にやめる刑事には、そういうタイプが多い。その思いこみはあたっている面もあり、当然、執念深い恨みを警察に対して抱いている。

アシスタントをひとり連れていく、と男には告げた。かまわない、とその男は答えた。刑事時代の自慢話をするのが大好きなのだ。聴衆が増えるのは大歓迎というわけだ。

香里と連絡をとり、男の会社に近い、神保町《じんぼうちょう》で待ち合わせた。時間貸しの会議室が神保町にはある。そこで会うことになった。

「そのヤマなら知ってる。俺の班は担当じゃなかったが、中身についちゃ少し聞いた」

まだ四十八だというのに、糖尿病の心配をした方がいいほど太った、元一課の男はいった。警察をやめて二十キロは太ったというのが口癖だ。男は香里を初めて見たとき、刑事独特の目つきをしていった。

「ずいぶんかわいいアシスタントだな。税金対策か。もっともお前さんがきちんと申告しているとは思えんが」

「免停中でね。運転手がいるんだ。仕事を覚えたがっているし」

「嘘つきめ。このツラはマスコミだ。どっかの記者だろう」

香里はほっとした表情になった。

「その通りだ。だがあんたの名はださん。俺への密着取材の最中でな」

「だしてもかまやしねえ。今の本庁に、俺に文句つけられるほど気合いの入った野郎はいねえよ」

男は出前でとり寄せたコーヒーフロートのアイスにスプーンをつきたてながらいった。いつも大粒の汗をかいている。

「事件の話を聞かせてくれ」

私は謝礼の入った封筒を手渡し、いった。男は中身を確認し、派手なたてじまの柄のジャケットにしまいこんだ。香里を見た。

「いっとくが、銭欲しさにやってるわけじゃねえんだ。これでも俺は常務取締役でね。それなりの給料をもらってる。今の警察がだらしねえから、つい、いわなくてもいい小言《こごと》をたれたくなるわけだ！」

香里は大きく頷いてみせた。相手をのせる術は知っている。

「要は、甘いってことだよ。今の刑事は、給料ぶんの仕事しかしたがらない。金が欲しいのなら、警官なんかなるなっつってんだよ。金融屋でも何でも稼げる商売は、この世の中にごまんとあるのだからよ――」

演説が一段落するのを待ち、私は話を江東署の刑事課長殺しに戻した。

「そうそう。あれはお宮入りだろ、確か」

「仲間が殺されたのだから、現場はかなり熱かったろう」

男はゲップをし、首をふった。

「そうでもねえよ。課長は課長だったが、ちっと問題のあった野郎でよ。別の署の防犯だったときに、ゲーム屋からけっこうかっぱいでたらしい。テロと怨恨《えんこん》の二本立てで調べてみたら、けっこういろいろでてきやがって、上の方は参ったたって話だ。今とちがってまだ、臭いものにはフタをしろの時代だからな」

「汚職していたのか」

「そんなもんだ。地元のやあ公と金のトラブルがあって、威《おど》されるには威されていたらしい。だが結局、やあ公がらみじゃ、ほしは見つからなかった」

「プロの仕事だと聞いたが」

男はにっと笑った。

「どうだかな。『二塁手』って奴だろ。元野球かなんかやってたって殺し屋の」

私は頷いた。

「確かに手口は鮮やかだった。チャカで頭を二発だからな。手前《てめえ》ん家《ち》のガレージで殺されていたんだ。ちょうど家の人間は誰もいなくて、帰ってきた息子が見つけた」

「『二塁手』の線は追わなかったのか」

「おいおい、プロだったら追いようがないだろう。だけどな、ふつうプロは、あとがうるさい警官殺しは請け負わないものだろうが。今なら、中国だ、ロシアだって手もあるが、あの頃はまだ日本人しかいなかった」

「『二塁手』の仕事が多かったのは、あんたや俺がまだガキの頃だ。もしその件が『二塁手』の仕事なら、引退興行だったかもしれん」

男は煙草の煙を吹きあげた。

「俺たちはよ、プロならプロでいいんだよ。プロなんてのは道具みたいなもんだ。紙を切るのにカッターかハサミか、そんなようなもんだ。大事なのは、誰がそのカッターだかハサミを使ったかだ」

「それがわからないからお宮入りしたたってことか」

男は煙を再び吐いた。もったいぶっている。

「もういっこあるぜ、理由が」

私は考えるふりをした。

「わからんな」

「誰が使ったかわかったが、そいつが公けにできないって奴だ」

「警官か」

男は笑い声をたてた。

警官が殺し屋を使って警官を消す。警察にとっては悪夢にちがいない。

「内緒だぞ」

太い指を唇にあてた。

「雇った警官にあたりはついたのか」

「さあな。ただこっから先は俺の勘だが、それがひとりだったら、こそっと何とかのしようもあったろう。自殺してもらう、とか、依願退職してもらう、とかよ。お姐さん、俺は別だよ。出る杭《くい》がうたれただけの話で。だがひとりじゃなかったら処分も大ごとになる。殺った理由も、おおかた分け前をめぐってのいざこざだろう。そこで知らん顔をするしかなかったとしたらどうだ」

「警官にプロを雇う金があったというのか」

「プロでもどじを踏むことはある。あるいは運悪く、出会い頭に警官といきあたっちまう、とかな。殺し屋なんかから金はとれねえだろう。つかまえてもいいが、立証すんのは手間暇かかる。それどころか、プロのクライアントってのは、ときどきとんでもない大物がいるから、裏から手を回されてすっ飛ばされちまうかもしれん。そうなると、別の使い途を考えるってこともある」

「わかった。ありがとうよ」

私はいって立ちあがった。男は不満そうに私を見た。

「おいおい、もういいのか」

私は男を見おろした。

「この件についちゃ手を引く」

「ジョーカーの旦那にしちゃ、ずいぶん潔《いさぎよ》いな」

「面倒くさいのは嫌いでね」

男はにたっと笑った。

「もう、遅いかもな。ここにくる前に、いろいろと当たったのだろ」

その通りだ。気の進まない仕事はやはりやるものじゃない。無意識のアンテナが危険信号をキャッチしていたのだ。

私はひどく後悔していた。

4

「まずいことになった」

会議室をでて車に乗りこむと私はいった。

「どうしたんです？」

香里が事態を把握《はあく》していないのは無理もない。だが危険度では、私とかわらない。

「俺は『セカンド』の古い仕事について調べた。それがさっきの男の話だ」

「わかります。『セカンド』は十年前、警官に殺し屋である弱みをつかまれ、それをネタに、江東署の刑事課長を殺させられた」

「そうだ。それきり『セカンド』はなりを潜《ひそ》めていた。おそらく引退覚悟の仕事だったのだろう。問題は、十年前に『セカンド』を使った奴らだ。そいつらが何人だったかはわからないが、今も警官でいる奴もいるだろう。当然、情報網はもっている。俺が『セカンド』について嗅ぎ回っているのは遠からず、そいつらの耳に届く」

「でも、自分たちから名乗ってでることはないのじゃないですか」

「楽観的な意見だ。そいつらも、俺が真犯人を捜しているとまでは思わんさ。ただ目《め》障《ざわ》りとは考える。痛い腹をつつかれたくない、とな。悪いことに『セカンド』は引退しちゃいなかった。今年に入って、『セカンド』が仕事をしたという噂があるんだ。年を考えれば驚くほかないが、十年たってほとぼりがさめたと考え、現役に戻ったのかもしれん。つまり生きている」

「何がまずいか、まだわかりません」

「俺たちは命を狙われるってことだ。『セカンド』だけじゃなく、十年前に『セカンド』を雇った奴らからも」

「え？　でもプロは恨みっこなしだと、おととい――」

「最初から裏で生きる覚悟の『セカンド』は、あるいはそうかもしれん。俺たちが警察に訴えでるとは考えないだろうからな。だが表と裏、両方の顔をもっている汚職警官どもは別だ。俺たちを殺さなけりゃ、夜もおちおち寝られない」

「でも、わたしたちが『セカンド』を調べているという情報はどこから流れるんです？」

「俺は今日すでに、何人かの人間に『セカンド』について問いあわせている。その上、さっきの男だ。あの男は、俺たちのことを喋る。ジョーカーが、記者を連れて

『セカンド』の話を聞きにきたとな。あの男を口止めすれば何とかなると思うのはまちがいだ。情報を金で売る奴は、客を選ばない。毒蛇がうようよいる穴に、のんきに手をつっこんだのが俺たちだ」

「そんなに悪いんですか」

「おそらく二、三日うちには、ジョーカーが『セカンド』を捜している、という話が広がる。そしてあんたのことも知れ渡る。汚職警官は、また『セカンド』を使おうとするかもしれん。あるいは別の、もっと安あがりな中国人でもさし向けてくるか。いずれにせよ、この瞬間から、自分は賞金首だと思った方がいい」

私は車を走らせ、沢井を携帯電話で呼びだした。

「俺だ。二、三日店を閉めろ」

「何ですか、それ」

「たちの悪い警官と殺し屋の両方に追われることになりそうだ」

「最悪じゃないすか。勘弁して下さいよ」

「お前が推薦《すいせん》した仕事だ」

沢井は呻き声をたてた。

「わかりました。しばらく知り合いのところに厄介《やっかい》になります。早く片づけて下さいよ」

電話を切りかけ、

「道具はどうします？」

と訊いてきた。

「こっちのを使う」

電話を切ると、香里が訊ねた。

「あのお店にも迷惑をかけてしまうのですか」

「バーテンは、俺にとって唯一のツナギだ。どうしても俺の居どころを知りたい連中が奴をさらって拷問《ごうもん》しようと考えるかもしれん。前にも例がなかったことじゃない」

香里はぼんやりと頷いた。

「わたしはどうすればいいんでしょう」

「しばらくは俺といるしかない。あんたのことがどのていど相手に伝わるかわからない。おそらく汚職警官どもが一番消したがるのが、俺でなくあんただ」

その顔がようやく青ざめた。

「ジョーカーさんのいう通りでした。殺し屋を取材したいと思ったわたしが馬鹿でした」

「運も悪かった。『セカンド』じゃなければ、いきなりこんなことにはならなかった」

私はふだんは使わない、都内のマンションに車を向けた。いくつか借りている部屋のひとつで、道具もおいてある。

「わたしが殺されたら、ジョーカーさんは安全なのですか」

「だからって、俺のために死んでくれるのか？」

私が冗談めかしていうと、香里は弱々しい笑顔を浮かべた。私は考え、答えた。

「あんたが死ねば、当面は、俺は安全だ。おおそれながら、と俺が訴えでるとは、誰も考えない。だが汚職警官どもは、いつかチャンスがあったら、喜んで俺の口を塞ぐだろう」

「でもそれがどんな人たちなのか、わたしもジョーカーさんも知らないんですよ」

「その通りだ」

「じゃあどうすればいいんです？」

「向こうのでかたを探り、場合によっては相手を先に潰すしかない」

「そんな……」

私は唇を尖らせている香里に首をふった。

「そうやって俺は生きてきたんだ」

5

マンションは、南青山の高級住宅街の中にあった。私が借りている〝隠れ家〟のうちでも防犯に最も神経を尖らせている建物だ。車も乗りかえる必要があったが、まずは道具と、香里の身の安全の確保だった。

電子ロックになっている部屋の錠を解き、私たちは二LDKにあがった。カーテンを閉めきった室内には、うっすらとほこりが積もっている。

「ここは？」

「しばらくのあいだ、俺とあんたの寝ぐらだ。この部屋は法人契約で借りられていて、俺との関係は警察でも洗いだせない」

私はいって、リビングをつっきった。キッチンのオーブンレンジの蓋を開く。九ミリのオートマチックと三十八口径のリボルバーの二挺《ちょう》がそこに入れてあった。弾丸を点検し、オートマチックを腰にさした。

リビングのソファから、目を丸くした香里がそれを見ていた。

「とりあえず、原稿に書けない話がひとつできたな」

香里は息を吐いた。

「ナイフや匕首《あいくち》は、見せられたことがあります。でもピストルは……。もっているといった人はいましたけど、本物は見ませんでした」

「撃つところまで見ないですむといいがな」

私は冷蔵庫に入れっぱなしだった、ミネラルウォーターのペットボトルを二本とりだした。一本を香里に渡し、向かいに腰をおろした。

「さっきの元刑事さんの話ですけど、『セカンド』は、本当に野球選手だったのですか」

「俺が聞いたところでは、説は二種類ある。ひとつは、高校だか大学で野球部にいて、ポジションが二塁だったから、その渾名がついた。もっともこれはあまり信用できない。そんな名を名乗るとしたら自分自身だし、素姓《すじょう》を知る手がかりを公開するようなものだ」

「もうひとつは？」

「文字通りの『セカンド』、二番目の方法という意味だ。一番目の方法でうまくいかないとき、二番目の方法を使おう。つまり殺せ、というのからきた」

「ジョーカーさんの七並べからきた渾名は、自分で考えたのですか」

「ちがう」

「じゃ、人がつけた？」

少し迷ったが、いった。

「俺は二代目だ。二十年前まで、別の人間がジョーカーを名乗っていた。それをうけついだ」

香里は目をみひらいた。

「そんなことがあるんですか」

「俺の仕事は殺し屋とはちがう。最初から法をおかすことを前提にしているわけじゃない。だから屋号をうけつぐことも可能だ」

「つまり、警察も調べようと思えば、すぐに調べられる？」

「そういうことになるな。だが警察はこれまで、俺が法をおかしたという証拠をつかんでいない。――誰かが作れば別だが」

「作る？　さっきの話の汚職警官ならそうするかもしれないというんですか」

「そうだ。隠れ家から炙《あぶ》りだすには、何かの罪を着せるのが一番早い。ただし、本名も住所もわからない人間は、警察も簡単には手配できない」

香里は頷いた。

「本名は、あるんですよね。もちろん」

「ある。あんたに教える気はない。免許証ももっているが、本当の名じゃない。俺にはジョーカーという渾名以外の名はないんだ。この仕事をつづけている限り」

私の携帯電話が鳴った。見知らぬ番号だった。

「――はい」

「あたしよ」

明穂だった。

「思ったより早く、こちらにでてこられたの。会える？」

もしここで会わなければ、この先二度と会うことはないだろう。そんな気がした。

「会えなくはないが、外にはでられない」

「かまわないわ。そっちにいく」

明穂と私の関係を知る人間は、こちらの業界にはいない。私は今いるマンションの住所を教えた。

「頼みがある」

「何？」

「少し食料品を買いこんできてくれ。二人が二、三日暮らせるだけの分だ」

「あたしと暮らす気？　嘘よ。わかったわ、二人分買っていく」

「すまない」

香里が訊いてきた。

「どなたかみえるのですか？」

「書けない話、その二だ。これからくる人間のことを俺に訊くな。誰かに話すな」

絶対に明穂を巻きこんではならなかった。


一時間後、マンションロビーのインターホンが鳴った。モニターに明穂が映っていた。オートロックを解き、マンション内に迎え入れた。

明穂は、仕事の用事で上京したのか、品のいいスーツ姿だった。両手にスーパーの袋と細長い風呂敷包みをもっている。

「はい、これ。どうせ日保《ひも》ちするものの方がいいと思って選んできた」

「すまない」

リビングにきて、香里に気づいた。

「お邪魔した？」

「いや。事情があって、二、三日いっしょにいなけりゃならん」

香里は頭を下げた。

「あの、渋木です」

「よろしく。あたしの名前は……いってもしかたがないわね」

明穂はルールを知っている。

私はうけとった風呂敷包みを開いた。

「これか……」

膝を怪我してから先代が愛用していたステッキだった。特注で作らせたものだ。

「これがいるようになるまで、あなたが仕事をつづけていなければいいけど、と笑っていたわ」

「もちろんその気はない」

明穂を見た瞬間、今の状況がひどくやりきれないものに思えてきた。

「こっちへ」

私は香里にやりとりを聞かせたくなくて、ベッドルームへ明穂を誘った。明穂は黙ってついてきて、ベッドルームの扉を閉じた。

「抜いてみれば。錆《さ》びてはいないと思うわ」

ステッキの握りを引いた。仕込みだった。曇《くも》ってはいるが、刀身に錆は浮いていない。

「こういうのが道具にできたのだから、平和な時代だった。確かに」

私はつぶやいた。

「仕事に入っているのね」

明穂が私の腰を指さした。拳銃のふくらみを見抜いていた。

「あの子は何なの？」

「クライアントだ。俺がどじを踏み、狙われる羽目になった」

「あなたが？　珍しい」

化粧もきのうより濃い目にしている。実際より十近く若く見えた。

「狙われているのは彼女だけ？　それともあなたも？」

「今のところはっきりしない。相手のでかた待ちだ」

「相手は？」

私は首をふった。

「知っても意味がないし、知る必要もない」

明穂はふっと微笑んだ。

「そうね。あたしはただの主婦でおばさん。あなたがぜんぜんかわっていないのを見て、嫌になっちゃった」

「そんなことはない」

明穂はベッドに腰をおろし、隣をぽんぽんと叩いた。

「きて」

私はそこにかけた。明穂は、私の肩に頭をのせた。

「こうしているあいだだけ、子供のことも、家のことも忘れる。悪いおばさん」

髪が首すじに触れていた。

「父は、どうしてあたしには仕事の話をしたのかなって思う。母親にはしなかったのに」

「奥さんが亡くなったとき、何も話してこなかったことを後悔したんだ。いわれたらしい、『わたしはあなたのことを何ひとつ知らなかった』と」

「最後にうらみごといったのね。母らしいわ」

私は黙っていた。

「でもそれだったら、あなたとつきあうことだってゆるしてくれればよかったのに」

「それとこれは別だ。巻きこまずにすんだのは、先代が用心深かったからだ。俺はそこまでの信用がなかった」

「ちがうと思うな。父は、あたしに父の血が流れているのを知ってた。あたしがあなたといっしょになれば、いつか必ず、あなたの仕事を手伝いだす。それが嫌だったのよ」

「なるほど」

不意に首を回し、明穂はまぢかから私の顔をのぞきこんだ。

「正解だった？　それで」

「――そっちには」

私は答えた。

「あなたには？」

「わからない。ずっと心の中からしめだしてやってきたんだ」

「いい仲になった人はいなかったの」

「いない」

明穂ははっと息を呑んだ。

「ばかな人」

とつぶやいた。それから感傷を断ち切るように隣室との境のドアを目で示した。

「あの子なんかいいじゃない。若いし、頭も悪くなさそうで」

「クライアントだといったろう」

「そういう時代じゃないわよ。命を守ってあげるのだから、仲よくなっても別に罰《ばち》はあたらない」

「考えたこともなかったよ」

明穂は目をそらし、床を見つめた。

「それで、父みたいに跡継ぎは見つけたの？」

「親父さんほど運がないんだ」

私はいって笑った。

「じゃ、引退は、まだ先？」

「偶然だな。バーに電話をもらった晩、引退の話をしていた」

「でも跡継ぎがいなきゃ、ジョーカーの名前はそれきりね」

「残念だが」

明穂は深々と息を吸いこんだ。

「あたしの子供に継がせるわけにもいかないわね」

「冗談にもならないぞ」

「あなたとの子だったら？」

私は苦笑した。

「女はいくつになっても残酷なことをいう」

「あなたと別れた反動かな。すっごく真面目な人と結婚したの。建築士で、趣味の何にもない人。それが笑っちゃうわ。結婚十三年目で、いきなり若い彼女ができて一直線。土下座されちゃった。生活費は保障するから別れてくれって」

「その通り」

「真面目な男だからだ。不真面目なら、うまくこなした」

明穂は立ちあがって、ベッドルームのカーテンをめくった。小さなベランダがあり、その下はマンションの裏庭だ。

「引退できたら、ときどき遊んでくれないか？」

明穂は私をふりかえった。一瞬、泣きそうな顔になった。

「また、ばかなことをいう」

「本当さ。本気で引退を考えている」

「そうなったら、日本にはいないつもりでしょう。父がよくいってたわ。海外にいけばよかった、って」

「それでもときどき帰ってくる」

明穂は私を見つめた。

「ジョーカーは引退できる。でもあたしは無理よ。そうね。あと、五、六年は」

下の子が二十になるまでか。

「それでもかまわんさ」

明穂は顎をそらした。

「考えとく」

「頼む」

明穂がでていくと、香里が訊ねた。

「奥さま……ですか」

「ちがう」

私はそっけなく答えた。本当に引退するためには、何とかこの状況を脱さなければならない。それを考えていた。

時計を見た。じき暗くなる。車も乗りかえる必要があった。

「しばらくでかける。こちらから連絡するまで外にでるな。知り合いに連絡をするのも駄目だ」

「いっしょじゃいけないんですか」

不安げに目をみひらいていた。

「まだ取材をつづける気か」

香里は首をふった。

「だったらここにいろ」

止めておいた車に乗りこみ、契約している立体駐車場に向かった。中にある別の車と乗りかえ、銀座に走らせた。

銀座の酒場が開くには早い時間だったが、目当ての人間はすぐに見つかった。客やホステスの車を預かり、駐車違反の摘発をうけないよう移動させつづける仕事をしている「ポーター」の立野《たての》だ。

「久しぶりじゃないですか」

私に気づくと笑いかけてきた。助手席を目で示し、私はいった。

「乗れよ」

あたりを見回し、するりと立野は乗りこんできた。今の仕事の前は、闇金融のとりたてをやっていた。黒いロングコートにスーツを着こんでいるが、崩れた雰囲気を隠しきれていない。

「今年の話だ。首くくったサルベージ屋と風呂場で溺れ死んだホステスがいたろう」

「『ムーラン』のことみですね。首くくったのは、犬木《いぬき》って男です」

「犬木のバックは？」

「盃はもらってなかったみたいですけど、鳳《おおとり》興業がついてました。連合会系のフロントです」

「連合会で、このあたりによくきてるのはいるか」

「鳳の社長は、八丁目の『カザフ』にしょっちゅうきてます。『カザフ』は、ママが連合会の会長のこれ《いい》で、ご用達みたいなものですから」

「今日もくるかな」

「くるでしょう。週四日は現われます」

「見たら電話をくれ。番号は知ってるな」

金を渡した。

「用心棒がいます。元アマレスのチャンピオンとかいう」

「わかった」

車を止め、立野を降ろした。食事をして、時間を潰した。

八時過ぎ、携帯が鳴った。神保町の男だった。

「不公平にならないようにしておこうと思ってな。あんたのこと、どうやら捜し始めたようだ」

「『セカンド』が?」

「いや、昔の雇い主の方だ。マル暴やってるのが、あんたの動きを嗅ぎつけた。手分けして、ジョーカーさんがどこにいるかって、訊きこんでいるようだ」

「ひとりでいい。名前を教えてくれ」

男は黙りこんだ。

「俺が死ねば、そっちの客がひとり減るぞ」

「今はわからないが、調べてやってもいい」

ひとつ私に情報を教える、向こうにもまたひとつ教える。そうして情報料はどんどん吊りあがっていく。

「頼む」

私はいった。

6

あと数分で十時になろうという時刻に立野から電話が入った。

「『鳳』の社長の永田さんがきました。一時くらいまでは『カザフ』にいて、アフター、に必ずいきます」

「車は？」

「クリーム色のロールスです。並木《なみき》通りに止まってますから、すぐにわかります」

アフターとは、クラブの閉店後にホステスを連れ飲食にくりだすことだ。

平日夜間の並木通りに路上駐車するのは容易ではない。公道上ではあるが、立野のようなポーターたちの縄張りが決まっており、客やホステスの車を止めるためにスペースを確保している。勝手に車を止めれば傷をつけられたり、因縁をつけられることもある。

「近くに止められそうな場所はあるか」

「知り合いが一ヵ所、確保しています。こられるなら空けておきますよ」

「頼む」

私はいって車を動かした。並木通りに入ると、立野とトレンチコートを着たもうひとりの男が、道の左側にパイロンを立てて待っていた。私が車を近づけると、パイロンをどかし、誘導する。

車を止め、サイドウインドウをおろした。

「三千円やって下さい」

立野が歩みよってきていい、私は金を渡した。

「ロールスは三台先に止まっています。例の用心棒がいますよ」

「これはそっちのぶんだ」

私はいって一万円をさしだした。立野はにっと笑って金をしまった。

私が乗ってきたのは、黒塗りの国産大型セダンだった。ネクタイをしめているので、運転席に私がずっとすわっていても、お抱えの運転手だと思われ、注目は惹かない。

午前一時を過ぎると、タクシーの空車が並木通りに流れこんだ。夜の銀座では、午前一時までは、タクシー乗り場以外で空車を拾うことが許されていない。禁が解け、客を見つけに入ってきたのだ。

一時二十分。「カザフ」の入っているビルから、着物姿のホステス二人を連れた男が現われた。

ロールスロイスの運転席にすわっていた大男が、体格に似合わない身ごなしで車を降り、後部席のドアを開いた。ひと目でやくざとわかる見送りが二名、三人についている。

「ご苦労さまでした」

「お疲れさんです」

腰をかがめ、ロールスに乗りこんだ男に挨拶した。そしてロールスが発車しやすいように、のろのろと空車が流れる並木通りを車止めした。

極道とわかる男たちに立ち塞がられ、タクシーはクラクションを鳴らすこともなく停止した。

私は立っていた歩道から車に乗りこんだ。この時刻、銀座以外の盛り場に向かうとすれば、新宿か六本木だ。車をだし、ロールスのあとを追った。

ロールスは、溜池《ためいけ》から六本木通りを上り、六本木交差点の少し手前を左折した。飯倉片町方向に抜ける細い路地があり、その途中で停止した。

後部席に乗っていた三人が入ったのは、小さな雑居ビルの二階にある「ブリッジ」という店だった。

私は二十分ほど時間をずらし、店内に入った。カラオケのある小さな店で、中央のテーブル席に、三人はかけていた。ヒゲを生やした小太りの男が、

「いらっしゃいませ」

と私に近づいた。三人の前のテーブルにはカラアゲや焼きウドンなどの盛られた皿があった。永田は、四十過ぎの頰の削《そ》げた男前だ。ホステスのひとりとデュエットしている。

箱が小さすぎた。私は首をふり、

「店をまちがえました」

といって踵《きびす》を返した。

午前四時過ぎ、三人はビルをでてきた。ホステスのひとりはそこで手をふってタクシーを拾い、ロールスは永田と残ったホステスを乗せて発進した。

行先は三田《みた》のマンションだった。広い駐車場の一角に、ロールスは止まった。どうやらホステスの住居らしい。駐車場に面したオートロックの出入口を開けたのは女の方だった。二人はもつれるようにしてマンションの中に入っていった。ロールスはそのまま帰ることなくとどまった。情事が終わるのを待つようだ。

私は車を降り、ロールスに歩みよった。ロールスは正規の駐車スペースではなく、駐車場の進入路にエンジンをかけたまま止まっていた。運転手はハンドルの上でマンガ雑誌を広げている。

サイドウインドウをノックした。窓が降りるといった。

「すいません、この奥に車を止めたいんですけれど……」

「あん？」

腕力以外には使い途のなさそうな男だった。そうでなければ、ただただ待つだけの仕事にも就《つ》いていないだろうが。

「おう」

男は横柄《おうへい》に頷き、ロールスをバックさせた。私は車に戻り、駐車場に進入させた。ロールスと向かいあうようにして車を進め、鼻先をぴったりとつけて停止した。

「何だよ、おい――」

男が窓から顔をだし、唸り声をたてた。

「すいません。ちょっとエンジンの調子が悪くて」

「ふざけんな、この野郎。どかせよ」

車を降り、男に歩みよった。

「なめてんのか、こら」

にらみつけてきたその目に九ミリオートマチックの銃口をつきつけた。

「鳳興業の社長さんの車だよな」

男の口が半開きになった。

「トランク開けろ」

男は瞬きし、ない知恵を絞っていた。

「死ぬか？」

男の手が動いた。ロールスのトランクが開いた。

「降りろ」

男をトランクの前に立たせ、背中にスタンガンを使った。身長が百九十センチはある大男を、運転席からトランクまで私ひとりでひきずるのは無理だと判断したからだ。

男は、趣味の悪い革製のゴルフバッグの上に倒れこんだ。用意しておいたガムテープを口と両腕に巻き、トランクの蓋を閉めた。

私は自分の車をどかし、ロールスの運転席にすわって待った。

一時間後、ダッシュボードにおかれた携帯電話が鳴った。

「はい」

短く返事をした。

「今から降りる」

男の声がいった。

「はい」

電話を切った。トランクではさっきから大男が蓋を蹴りつける音が聞こえていた。

数分後、オートロックの扉が開き、永田が姿を現わした。出入口の前に止めたロールスから拳銃をもった私が降りるのを見て、目を丸くした。

「な、何だ、よ」

髪が濡れ、シャンプーの匂いがした。

「『セカンド』」

私は短くいった。永田の唇が震えた。

「う、嘘だろ……」

「殺しはしない。乗れよ」

ロールスの後部席に押しこんだ。

「話を訊く。嘘がなければすぐ帰れる。嘘をついたらここで死ぬ。わかったか？」

永田は呆然とした表情で頷いた。

「犬木のバックについてたな」

「あ、ああ」

「死なれて困ったろう」

永田は唇をなめた。

「そりゃ、奴に任せておいて吹っ飛んじまった物件もあったから……」

「殺《や》った人間を追っかけようと思わなかったのか」

「プ、プロだろ、だって。なあ、俺らだって立場ってもんがある。けど、もとをただしゃ、犬木が悪いとこもある。副島《そえじま》さんにいってくれよ。うちとしちゃ別に、ことを荒だてる気はねえって」

「あんたがその気でも、連合会が黙っているか」

「俺から話をしとくって。犬木はよ、うちの下請けみたいなものだった。副島さんをはめた一件は、奴の勝手な小遣い稼ぎだ」

「なるほど。で、俺に関する噂は、誰から聞いた？」

永田は瞬きした。トランクでゴンゴン、という音がした。永田が気にした。

「な、殺してないだろ。あんた次第だ。今、嘘をついたら、そうはいかない」

「だ、誰だったかな。思いだせねえんだ」

額に銃口をあてがった。

「じゃ、お前が噂のでどころってことにしよう」

「木国《きくに》って弁護士だよ！　奴が知ってたんだ。あんたの仕事だって――」

永田は甲高《かんだか》い声でいった。

「木国の事務所はどこだ」

「赤坂だよ。赤坂六丁目だ」

スタンガンで眠らせた。

木国の名は聞いたことがあった。バブル時代、暴力団とつるんで荒稼ぎをしたという噂のある弁護士だった。何度か命を狙われたが、生きのびてきた。

つまりお喋りではない、ということだ。お喋りではない筈の弁護士が、プロの仕事をそうであるとほのめかしたとすれば、それには理由がある。まず考えられるのは、恩を売る場合だ。だが仕事がらみの情報取引でもない限り、暴力団の企業舎弟にしかすぎない金融屋の歓心《かんしん》を買ったところでたいした見返りはない。

自分の車に戻ると、その場を離れた。

ふたつ目に考えられる理由は、わざと情報を流した、という可能性だ。永田に流せばバックの暴力団にも伝わる。

その目的は何か。

やったのがプロだとわかれば、親分や大幹部を殺されたのでない限り、暴力団は実行犯を深追いしない。プロは簡単には尻尾をつかませないし、重要なのはむしろ、誰がその〝道具〟を使ったか、だ。その誰かが、今回のように明らかな場合、理由、あるいは相手によって、暴力団の動きはかわる。

副島というのが、「セカンド」を雇った街金《まちきん》だろう。「セカンド」が使われた理由については、殺された側に非があるように見える。そうなると、犬木によほど兄貴思いの舎弟でもいなければ、報復がおこなわれる可能性は低い。

それが目的だ。犯人がプロだと匂わすことで、「それじゃしかたがない」という空気を作りだす。

これが別の暴力団であったり、裏の世界にはまったく無関係な素人だと、反応はちがってくる。鳳興業や連合会のメンツがからむからだ。少なくとも誰かの指か、それにかわる大金が動かない限り、問題は尾をひくことになる。

尾行に注意し、車を再び乗りかえて南青山のマンションに戻った。

香里はリビングのソファで眠っていた。私が入ってきたのに気づくと、びくっとしたように起きあがった。前日と同じ服装だ。

「眠るならベッドを使え」

「あの、何かわかりましたか」

この娘にどこまで話してよいだろうか。私はつかのま考えた。余分なことを知れば、結局、その命を縮める原因になる。プロの口の固さと、素人の口の固さはレベルがちがう。プロは素人の〝秘密〟を決して信用しない。

私はヤカンに水をいれてガスレンジにかけ、買ってきたインスタントコーヒーを二組のカップに注いだ。

ダイニングテーブルで香里と向かいあった。

「今年に入って十年ぶりに『セカンド』は仕事をしている。雇ったのは、愛人に裏切られた金貸しだ。『セカンド』はその愛人の女と、つるんでいたサルベージ屋を消した。それが『セカンド』の仕事だったことは、消されたサルベージ屋のバックにいた暴力団にも伝わっている。知らせた人間がいたからだ」

香里は大きく目をみひらいて話を聞いていた。

「じゃあ『セカンド』は復讐《ふくしゅう》されるのですか」

私は首をふった。

「おそらくされない。知らせた人間は、やったのはプロだから復讐は無意味だと暴力団に思わせるのが目的だった。もし金貸しが『セカンド』ではなく、別の暴力団に仕事を頼んでいたら、事態はもっとこじれるし、金貸しも『セカンド』に払った以上の金をつかうことになったろう」

「殺し屋ってそんなに安いのですか」

「そうじゃない。やくざの方が高くつくんだ。最初に払う金は、やくざに頼む場合、はるかに安い。場合によっちゃ、『世話になっているから』とただのときもある。だが人を殺して、刑務所送りになる人間がでれば、『面倒をみてやってくれ』ということになるし、別の組ともめたとなれば、丸くおさめるための示談金も必要になる。結果、やくざに払う金は際限がなくなる。それを知っているからこそ金貸しは、プロの『セカンド』に頼んだんだ。最初に払う金は高いが、あとくされがない。しかもプロは決して、自分が誰に雇われたかは話さない。話すとすれば、それを喋らなけりゃ殺されるのが確実、という場合だけだ」

「つまり知らせた人は、トラブルを回避《かいひ》するのが目的だった、ということですか」

私は頷いた。

「そうだ。それともうひとつある」

「何です？」

「『セカンド』が現役に復帰したと裏の世界に知らせる。商売である以上、どこかに看板を掲げなければ、客はこない」

香里は怪訝《けげん》な顔をした。

「だったらわたしたちが『セカンド』を捜しているとわかっても、命までを狙われることはなくなるのじゃないですか」

頭は悪くない。

「少なくとも『セカンド』に関してはそうなるかもしれん。問題は悪徳警官どもの方だ。そいつらにとっては、俺たちも、カムバックした『セカンド』も、ひどく目障りだろう」

鍵は木国だった。木国が、「セカンド」のツナギである可能性は高い、と私は思っていた。

「シャワーを浴びる」

私はいって立ちあがった。香里は不安そうに私を見ていた。

「これだけのことをどうやって調べたのか、知りたいのか」

香里はあいまいに頷いた。

「知りたいような、知りたくないような。ジョーカーさんのしていることが、わたしを助けるためだとはわかっています。でもその結果、誰かが死んだりするのが恐いんです」

「今日は誰も殺していない」

私は答えてバスルームに入った。シャワーを浴び、リビングに戻ると、香里はまだダイニングテーブルに向かっていた。

「俺はもう寝る。起きている気なら、ベッドを使わせてもらう。外の人間とは誰とも連絡をとっていないな」

香里はこっくりと首を動かした。ふと興味が湧《わ》いた。

「ひとり暮らしなのか、あんた」

「はい。同棲《どうせい》していたんですけど、去年、別れてしまって……」

「家族はどこにいる」

「両親は離婚して、母だけが青森にいます。父は亡くなりました」

「そうか。世話を焼かなけりゃならん動物とかも飼っていないんだな」

「いません」

香里を見て、いった。

「二日もすりゃ帰れるだろう。決着はそれくらいでつく筈だ、どちらにしても」

「ジョーカーさんは恐くないんですか」

私は息を吐いた。

「いいか、誰かを痛めつけたり、殺したりする。カタギの人間はやらないし、やればたいていすぐつかまる。そういうのを仕事にして、裏の人間は暮らしている。痛めつけっぱなし、殺しっぱなしで生きていられる人間はいない。痛めつけられることもあるし、殺されるときもあるだろう。もちろんそうされたくないからこそ、頭も使うし、先手を打とうとする。だがやられるときはやられる。ボクサーのようなものだ。リングに上がったからには、勝つか負けるか、痛い思いをせずにすませる方法なんかない。嫌ならリングに上がらないことだ」

「わたしは勝手にリングに上がったんですね」

「上げろ上げろとせがんだ。俺があんたを連れて上がってみたら、反対側のコーナーに、とてつもなくタチの悪い相手がいたんだ」

香里は目を閉じた。

「何だか信じられないけれど、でも恐い……。警察にいっちゃ駄目なのですか」

その言葉がでてくる頃だった。

「教えてやろう。警察はレフェリーやセコンドのようなものだが、このリングにはいない。ただしあんたは警察に駆けこむことができるし、それでリングを降りられるかもしれん。だが俺はちがう。警察は駄目だ。警察がでてくれば、俺自身がつかまるかもしれんし、つかまらなくとも、この世界でのすべての信用を失う。もう仕事はできなくなる上、悪くすれば殺される。つまり警察に駆けこんでも、俺には何の得もないんだ」

「わたしが、ジョーカーさんを巻きこんでおいて、警察にいけば、ジョーカーさんだけが破滅する、そういうことなんですね」

「そうだ。もしそんなことになれば、俺はあんたを見捨てればよかった、と思うだろう。嗅ぎ回られることを快く思っていない連中にあんたのことを密告《さ》し、さっさと手を引くべきだった、とな。だから俺は、あんたの依頼をうけるのが嫌だったんだ。素人は困ると警察を頼る。こっちの世界では、警察は決して味方じゃない。敵が増えるだけで」

香里は目を開いた。涙声になっていた。

「それでもわたしが警察にいくといったら、わたしは殺される？」

私は首をふった。

「殺すくらいなら、とっくにあんたを見捨てている。そういうことはしない。しないことで、俺は仕事の評判を保ってきた。依頼人を見捨てるような奴に、誰が仕事を頼む？　少なくとも依頼人から裏切られない限り、俺はそれをしない」

「やり方なんですね」

「そうだ。商売の方法だ。安い金でうけおい、簡単に裏切ったり手を引く奴もいれば、安くはないかわりにそれをしない奴もいる。いっておくが、百万はただの手付けだ。仕事が終われば、たいていはもっと貰う。あんたからはとれないし、とろうとも思わないが。手間賃には、その金額に応じた仕事というものがある。安物に多くを期待するのはまちがいだってことだ」

「それが一番の掟？」

書こうとしている本のタイトルを思いだしたのか、香里はいった。

「俺にとっては。この世界にはルールなどない、という人間もいる。そいつにとってはそうだ。裏切る奴は裏切られるし、殺す奴はいつか殺される。わかるか？　ルールを重んじる奴は、ルールに助けられることもある。ルールを認めない奴に対しては、誰もルールを適用しない。警察に駆けこむというのが、まさにそれだ」

香里はうつむいた。私はベッドルームに入った。香里が警察に逃げこみたい、という衝動をけんめいにこらえているのはわかった。だが私にはもう、これ以上どうすることもできなかった。

数時間眠っただけで、私は赤坂に向かった。

犬木に関しては恨みっこなしの、連合会、鳳興業ではあっても、今朝のできごとには黙っていられない筈だ。永田は、自分と運転手を襲ったのは「セカンド」だと思いこんでいる。

7

案の定、午前十時の開業時刻になるかならぬかのうちに、三台の車が、木国の法律事務所の入ったビルの前に止まった。中から八人のやくざが降りてきて、ビルの中に入っていった。

木国の腕の見せどころだ。さらいにきたやくざをあしらえない程度では、とうていここまで生きのびてこられた筈がない。

およそ三十分でやくざはビルから現われた。木国らしい人間は連れていない。きたときと同じ八人で、車に分乗し、走り去った。

しばらくすると、今度はひと目で刑事とわかる男の二人組がやってきて、同じビルに入っていった。おそらく所轄の赤坂署のマル暴係だろう。

今朝香里にした話で例えれば、唯一カタギと裏の社会の橋渡しをするのが、弁護士という職業の人間だ。

連中は首まで裏社会に漬かっていながら、顔だけをカタギの社会に向けている。両方に利用されることで収入を得ている。秘密を守る点に関しては裏社会の人間並みで、必要とあれば警察を使うという点では、カタギとかわらない。そしてどちらからも絶対の信頼を得ることは、まずない。弁護士は、自分のことをまず考え、次に依頼人のことを考える。それはつまり、いつでも保険をかけておく、という意味だ。

木国は手際よくやくざを追い払うと同時に、次に備えて、自分に都合の良い情報だけを、手なずけた刑事に知らせた、というわけだ。

一時間後、刑事たちは帰った。きたときより少しだけ幸福そうな表情を浮かべていた。法を知る弁護士が、自ら、贈賄《ぞうわい》という犯罪をおかした事実を口にする筈がないという安心感からだろう。

私は監視位置から移動し、公衆電話で木国の事務所を呼びだした。緊張した声の中年の女がでて、私の偽名に応じ、木国につないだ。

「はい、木国です」

声は老人のものだった。六十は超えているだろう。

「今朝の件では、先生にご迷惑をおかけしました」

さすがに狸《たぬき》だった。

「何のことですか」

「先ほど、鳳興業関連の人間が、先生のところにやってきて因縁をつけた筈です。『セカンド』の居場所を教えろ、と」

「ああ、そのことかね」

木国は乾いた笑い声をたてた。

「誤解もいいところだったね。私は永田君に噂を教えてやっただけなのだが、でどころを教えろとしつこくいわれてね」

「でもさすがに先生、簡単に追い払いましたね」

「話せばわかるものだよ」

「連合会の上の方にもお知り合いが？」

「そういうあなたはどういうご関係かな」

「『セカンド』です」

木国は黙った。

「お詫びの電話ですよ、ですからこれは」

「すると私は警察に通報する義務があるな」

「それもおすませでしょう。ついさっき」

「――気味の悪い男だな」

「実は私も困っているんです。昔の仕事のことで、私の口を塞ぎたがっている人間がいる――」

「もういい。君との電話は不快だな」

木国は私の話をさえぎった。

「切らせてもらう。話したいことがあるのなら、きちんと事務所まできたまえ」

電話は切れた。

私は再び、木国の事務所を監視しに戻った。木国が「セカンド」のツナギであるのなら、偽者が出現した話は、当然、本物の耳に伝わる筈だ。

正午を過ぎた時刻、私の携帯電話が鳴った。神保町の男からだった。

「例の依頼だがな、あんたを捜しているのは、本庁捜四の、丸芳《まるよし》という警部補だそうだ。去年、江東署から本庁にひっぱられた」

「年は」

「五十。もう少し出世しているのが仲間にはいるだろうが、動きやすいという点で、丸芳がやっているのだろう。他にも何人かいるようだが、現場指揮は丸芳がとっている」

「わかった。金はふりこんでおく」

「たぶん、あんたのこともだいぶ調べをつけている筈だ」

それはそっちのお陰でか、と訊き返したいのをこらえ、電話を切った。

午後三時、スーツを着た六十代の男がビルをでてきた。襟に弁護士バッジを留めている。昼食は出前ですませたようだ。

男を木国と見て、あとをつけた。木国は徒歩で外堀通りの方角に向かった。特に尾行を警戒しているそぶりはない。銀髪をなでつけ、中肉中背の割りには、頬にだけ、たっぷりと肉がついている。

やがて山王下《さんのうした》にあるホテルに木国は到着した。ロビーに入ると、エスカレーターで二階にあがっていく。

二階は、外堀通りを見おろす、奥行きのあるカフェテラスだった。木国はそこに入り、窓ぎわの席にすわった。

私は少し離れた位置で、遅めの昼食をとることにした。サンドイッチとコーヒーを頼み、木国の相手を待った。

運ばれてきたサンドイッチをひと切れ食べたときだった。

「あら」

声がして、明穂が正面に立った。私は驚いて、彼女を見上げた。

「偶然ね。邪魔した？」

「いや」

私は首をふった。

「この近くで人と会う用事が終わったところだ。飯を食べていなかったのでね」

明穂は今日もスーツ姿だった。会うたびに若返っているように見えた。

「そっちは？」

「父のことでお世話になった方と待ち合わせなの」

視線が窓ぎわの木国に向けられていた。

「そうか」

「じゃ」

明穂は軽く頭を下げ、私のそばを離れていった。その背中を見つめたいのをこらえ、私はサンドイッチを食べ終えると、早々に立ちあがった。

レジで勘定をしながら、木国と明穂をふりかえった。明穂はこちらに背を向ける形ですわっていた。木国は私を見ておらず、真剣な表情で身をのりだしている。

まさか、と思った。

明穂が「セカンド」である筈はなかった。子育てをしながら、殺し屋は不可能だ。

それに「セカンド」が頻繁《ひんぱん》に仕事をしていたのは、明穂がまだ子供の頃なのだ。

木国は本業の用件で、明穂と会っているのだ。父親を亡くしたばかりの明穂が弁護士に相談をもちかけるのは、意外でも何でもない。

私はホテルをでた。南青山に戻り、ひと眠りすることにした。

8

目覚めると表は暗くなっていた。暗がりのベッドルームで、私の足もとにすわる人影があった。朝、私がでかけるとき、ソファで横になっていた香里だった。香里は、私が与えた新品のTシャツ姿だった。シャワーを浴びたのか髪が濡れている。

「どうしたんだ」

「セックスして下さい」

固い口調で香里はいった。

「なぜ？」

「してほしいからです」

私は黙って香里を見つめた。

「駄目ですか」

香里は顔をあげ、私を見た。目だけが光っていた。着やせするタチか、Tシャツの胸は大きくふくらんでいる。

「俺と寝て、何かの貸しを作りたいのか」

無言だった。

「裏切る罪悪感を減らしたいのか」

「――ずっと考えていました。全部、わたしが悪いんです。でも、わたしの力ではどうにもならない。ジョーカーさんは慣れているから平気かもしれませんが、わたしは恐くて恐くてたまらないんです。ジョーカーさんは二日くらいで決着がつくといいましたけど、それはいったいどんな決着なのか。誰かが死ぬのかもしれない、そう思ったら、どうしようもなく恐いし、それに決着がついたあとだって、この先、わたしはもうずっと安心して暮らせない。そこから逃れるには、わたしがジョーカーさんと同じような裏社会の人間になるか、警察にいくしかないと思って……」

「どっちを選んだんだ」

馬鹿ばかしいと思いながらも訊ねた。香里はうつむいた。

「警察を……」

私は息を吐き、身を起こした。そのとき、インターホンが鳴った。香里がびくりと体をこわばらせた。

「ここにいろ」

私は九ミリをつかみ、リビングにでた。インターホンはマンションロビーのオートロックにつながっている。モニターの画面が、ロビーに立つ二人の男を映しだしていた。

見知らぬ男たちだった。香里を呼んだ。私のかたわらにきた香里は画面に見入った。

再びインターホンが鳴った。

「返事をしろ」

「いいんですか？」

「留守番の者で、俺はここにいないというんだ。今日は帰らない、とも」

いいながら私は衣服を整えた。男たちの正体には見当がついていた。

香里がボタンを押し、応えた。

「はい……」

「ああ、突然、失礼します。警察の者です」

画面の男は警察手帳を掲げた。

「こちらにお住まいの男性にちょっとお話をうかがいたくて参りました」

「あの……今でかけています。わたし留守番で、よくわからないのですけれど……」

「じゃあちょっと、あなたにだけでもお話をうかがわせていただけますか」

「困ります。わたし本当に何もわからなくて、あの、明日には戻ると思いますから、またきて下さい」

「開けてもらえませんかね、ここを」

「明日にして下さい。お願いします」

香里はいって、インターホンを切った。

「服を着ろ」

私はいった。

「ここをでる。警察に駆けこみたくとも、奴らはやめておけ」

香里は目をみひらいた。

「どうしてですか」

モニターの中にはまだ刑事を名乗った男たちがいた。

「あいつらが本物の警官かどうか、まずわからない。仮りに本物だとしても、なぜここがわかり、何のために俺を訪ねてきたかだ」

香里は瞬きした。

「警察が動かなけりゃならないような事件はまだ何も起こっていない。それに通常の捜査方法では、こんな短い間に決してここはわからない」

「じゃあ――」

「十年前、『セカンド』を使った奴らさ」

私はひどく苦い思いでいった。このマンションのことを知っている人間は、私以外いない。沢井も神保町の男も知らない。ただ明穂だけがここにきた。

香里が衣服を着け、荷物をもった。私は予備の拳銃をオーブンレンジからだした。モニターから男たちの姿は消えていた。令状を準備してくるほどの時間はなかった筈だ。といって、このままあっさりひきあげる筈もない。このマンションの別の住人と話し、中に入るだろう。

部屋をでた。エレベータの上がってくる音がしていた。鍵をかけ、香里を非常階段の方へ押しやった。

「一階まで降りるんですか」

「ちがう、ひとつ上の階にあがれ」

非常階段で降りてくるのを、下にきた男たちの仲間が当然待ちかまえている。上の階の、今までいた部屋のま上にあたる部屋の扉を、私は開けた。香里は目を丸くしている。

「ここは――」

「もうひとつの部屋だ。借りている人間の名義もちがう」

ここを使う羽目になるとは思っていなかった。下とちがって家具はほとんどおいていない。

中に入り、明りはつけずにフローリングの床に香里をすわらせた。

明穂が声をかけてきたときに妙だと気づくべきだった。私の仕事をよく知っている明穂は、表で私を見かけても決して声をかけてはこない筈だ。声をかければ周囲の目を惹く。誰かを見張っていれば、その人間に顔を覚えられる原因になる。それくらいの知恵が働かない女ではない。

わざと声をかけてきたのだ。理由は、木国に私の顔を見せるためだ。明穂はあの場にいる私を見て、偽の「セカンド」が誰であるか気づいたにちがいない。そしてそのことを、悪徳警官たちに知らせた。

私は腕時計を見た。午後七時を回った時刻だった。

訪れた刑事が二人きりということはない。おそらくマンションの周囲は見張られているだろう。といってずっとここにいつづけるわけにもいかない。

香里は両腕で肩を抱くようにして、暗い部屋の床にうずくまっていた。

「――ずっとここでこうしているんですか」

「いや。先に俺がここをでる。あんたは俺から連絡があったらここをでて、指示にしたがうんだ。警察に駆けこむのは、明日いっぱい待ってくれ。今いっても、結局さっきの奴らに消されるだけだ。悪徳警官の中には、警視庁の警部補もいる。たとえ他の警官に話をしても、簡単にはとりあってもらえないし、調べている間でもあんたを消す時間はたっぷりある」

「警察は頼りにならない、ということですね」

「今の段階ではそうだ。もう少し事態が煮つまれば、妙だと思い始める人間も現われる。そうなってからでなければ、あんたの話を真剣に聞く人間はいないだろう」

「明日になればかわるのですか」

「かわる。俺がそう仕向ける」

「どうやって？」

「それはあんたの知るべきことじゃない」

私は答えた。

不意に私の携帯電話が鳴り始め、香里はびくりとした。知らない番号だった。明穂でもない。私は電源をオフにした。

着替えることにした。着替えだけは、すべての隠れ家にひと通り用意してある。

スーツではなく、カーディガンとスラックスという服装にした。変装用の眼鏡をかけ、拳銃は二挺とも、もった。

「一時間以内に、連絡を入れる。明りをつけずにいるんだ。つけてもいいのはトイレだけだ。窓がないからな」

「わかりました。ジョーカーさんを信じます」

「礼はいわないぜ。あんたのためなのだから」

9

エレベータを使って一階に降りた。ロビーにひとり、マンションの玄関を見張る位置に止めた覆面パトカーにふたりがいた。おそらくあとひとりが、下の階にいるのだろう。

彼らの前を通って外にでた。私の人相について明穂からどのていどの情報が伝わっているかわからないので、これは賭けだった。だが時間がたてばたつほど彼らは住人に関する情報を集めるだろうし、そうなったらより危険になるのは目に見えている。

表通りまで徒歩で向かい、タクシーを拾った。行先は飯倉片町だ。沢井のバーの前で車を降りると、予備の鍵でシャッターを開けた。店内に入り、明りをつけてカウンターの内側に立った。

神保町の男からも明穂からも、バーのことは、私を追っている連中に伝わった筈だ。南青山で私をとらえられなければ、刑事たちが次にやってくるのはここしかない。

どこかに見張りがいたのだろう。十五分足らずで連中はやってきた。私は眼鏡を外し、沢井が店においているバタフライとベストを着けていた。

上等なスーツを着け、ずんぐりとした体つきの男が先頭だった。五十前後で、肝臓でも悪いのか、ひどく黒ずんだ顔色をしている。目つきの悪さは、私がこの店の本物のバーテンでも、「帰ってくれ」といいたくなるほどだ。

男のかたわらには同じ年頃の、貧相で落ちつきのない相棒がいた。こちらは小会社の経理係といった風情だ。眼鏡の奥で激しく瞬きをし、首を始終動かしている。モニターには映らなかった男たちだ。

目つきの悪い方がいきなり警察手帳をだした。横柄な口調でいった。

「今日は貸し切りにしてもらおう」

「麻布署ですか」

私は訊ねた。

「本庁だよ、本庁。酒を飲むためじゃない。だがとりあえず、オンザロック、もらおうか」

沢井のために、国産のボトルに手をのばした。男は唸った。

「それじゃねえ。隣の方だ。二十四年物って書いてある奴」

私は肩をすくめ、ロックグラスに氷を入れた。ふたつ目を用意しようとすると、経理係がいった。こちらはやさしい口調だ。

「あたしは、あのう、ウーロン茶」

いわれた通りの飲み物をカウンターに並べた。目つきの悪い男はシングルのオンザロックを、水のようにひと息で飲み干した。

「お代わりだ。もうちっと多めにな」

沢井だったら泣きべそをかくだろう。この男たちがここで都民の税金をつかう可能性は皆無だ。

「そちらは？」

ちびちびとウーロン茶を飲む経理係に訊ねた。

「あたしはいい」

二杯目のロックを半分空け、男がいった。

「しけた店だな、おい。有線もかけてないのか」

「静かなのがお好きなお客さまが多いもので」

男は鼻を鳴らした。

「その客だがな、ジョーカーとかいうのがいるだろう。今日はくるのか」

「ほとんど毎日、お見えになります」

「何時頃？」

経理係が訊ねた。

「まちまちですが、十時か十一時くらいには、たいてい」

「名前は何というの？」

「私ですか、沢井です」

「お前じゃない。そんなことはわかってる。ジョーカーの本名だ」

男が吠えた。

「さあ。いつもジョーカーとしかおっしゃりませんから」

「お前、そんなとぼけた名前の客、よく平気で入れるな。いっしょになって何か悪さしてんのじゃねえか。よう」

男が身をのりだし、私をにらんだ。私は怯えた声をだした。

「勘弁して下さい。お客さんのことをいろいろ詮索するのは、こういう仕事じゃご法《はっ》度《と》ですから」

「どこ住んでんだ」

私は首をふった。

「車は何乗ってる？」

「外まで送ったことありませんから……」

「電話番号は？」

私は首をふった。

「おかしいじゃねえか、え？　毎日きてる客なのに、本名も電話番号も知らねえってのか？」

「本当です。嫌がられるんですよ」

「何か法に触れるようなことをしているな、と思ったことはありませんか。悪いクスリをやっているとか、ピストルやナイフをもってきたり、とか」

経理係がいった。

「そんな！　そんな方だったらお断わりしますよ」

「じゃあいったいここで何やってるんだ。え？」

「お仕事の打ち合わせみたいですけれど、あまり聞かないようにしているんです」

「お前な、こんな小せえ店で――」

男の内ポケットで携帯電話が鳴った。着信音はかなり昔にはやった刑事ドラマの主題歌だった。

「――はい」

男が耳にあてた。

「今、入ったとこだ。まだだ。そっちは？」

相手の言葉に耳を傾けた。

「管理人は明日か。じゃあ、とりあえず今日はひきあげていいや。こっちがガラ、おさえりゃ、そっちのこともわかるだろう」

電話を切った。男は煙草をとりだした。漆塗《うるしぬ》りのデュポンのライターで火をつける。

頃合いだった。私はカウンターの下においていた携帯電話のボタンを押した。

店の電話が鳴りだした。

「はい」

受話器をとりあげ、耳にあてた。二人の方をふりかえっていった。

「あの、丸芳さんて……」

男たちの表情がかわった。

「よこせ」

男がいった。私は受話器をさしだした。

「もしもし」

男が相手のいない電話に語りかけたとき、拳銃を両手に一挺ずつもって、二人に向けた。凍りついた。

「電話はもう切っていい。二人とも指一本動かしたら殺す」

「手前――」

男が絶句した。

「ジョーカーはあなた……」

経理係が上ずった声でいった。

「その通り」

「ふざけんな――」

「『セカンド』から俺のことは聞いているだろう。甘く見ない方がいい、といわれなかったか」

「ただではすみませんよ」

「どのみちただですます気はなかったろうが。頭を撃ち抜いてからでも、こっちはかまわないんだ」

「やれんのか」

「やめましょう。元外人部隊にいたんです。逆らうのはよくない」

経理係を見直した。

「あんたが丸芳か」

「そうです」

「じゃ、こっちはさしずめ江東署のマル暴か」

男は顔をまっ赤にして答えなかった。

「警官相手にこんなことをして、終わりですよ。一生追いかけられます」

「死体をきれいに消してくれる人間を知っていてね。もうじき引きとりにくることになってる」

「——勘弁してくれ」

不意に男がいった。

「服を脱げ。一枚残らずだ」

私は命じた。二人は言葉にしたがった。二人とも銃をもっていたが、警察拳銃ではなかった。ブラジル製のステンレスタイプのリボルバーとトカレフだ。

全裸にした男たちをバーの床に伏せさせ、警察手帳と拳銃をとりあげた。

「どうしようってんだ」

「黙ってろ」

丸芳がいった。私は香里に電話をかけた。

「俺だ。店にきてほしい。くる前に一度、電話を入れてくれ」

バーの扉に鍵をかけた。

「勘弁してくれよ。もう追っかけねえからよ！」

男が叫んだ。丸芳も震え声だった。

「話し合いませんか。お互い、誤解があるようですし……」

「たとえば？」

「あなたたちの捜している『セカンド』は別の人なんです」

「じゃあ俺も別人だ」

「本当だって。『セカンド』は死んだんだ。だから今頃捜してる奴がいるって聞いて、俺たちも驚いたのさ」

興味がわいた。

「詳しく話してみろ」

丸芳が話した。

十年前の殺しは、丸芳らに正体を握られ、威された「セカンド」の仕事だった。当時、ゲーム機賭博の上前をはねていた江東署の刑事課で、分け前をめぐるトラブルが生じ、欲の皮をつっぱらせすぎた課長を、部下たちが共謀《きょうぼう》して消したのだ。

「ですが『セカンド』も、それから四年して死んだんです。癌《がん》でした。ひとり暮らしだったんで、あたしらは気をつけてやっていました。管内のアパートに住んでいたので……」

残されてはまずい遺書でもないか、捜し回ったのだろう。

「癌というのは嘘じゃありません。病院で死にましたから」

ところが今年の初め、その「セカンド」による殺しの噂が裏社会に流れた。丸芳らは驚くと同時に警戒心をもった。そこへ私と香里の〝調査〟の話が届いたというわけだった。

「すると、今の『セカンド』は二代目というわけか」

「なのでしょう。会っていないから。息子なのかどうかはわかりませんが。でも、初代に子供はいなかった筈です」

丸芳がいった。

「あんたらに俺の情報を流したのは誰だ？」

「『セカンド』だよ。署の俺のパソコンに『セカンド』を名乗るメールが届いて」

男がいった。

「いつだ」

「今日の夕方だ」

「なるほどね。昔の『セカンド』のツナギをやっていた人間は誰だ」

二人は黙った。私の携帯電話が鳴った。あわてたように男がいった。香里を、死体処理業者と思いこんでいる。

「梶井《かじい》興業って地上げ屋のとこのチンピラだ。もうとっくに足を洗って、今は運転手やってるよ」

木国が組んでいた暴力団が梶井興業だった。

私は電話に出た。

「今店の前にいます」

「そこにいてくれ」

二人の警察手帳を手に、バーの扉を細めに開けた。怯えた表情で香里は立っていた。私は喋らせないように、唇に指をあて、手帳を渡した。

「こいつを郵便でこのバーあてに送ってくれ。すぐ向かいの麻布郵便局なら、今でも開いている」

小声で告げた。香里は頷いた。

「あんたは今夜はホテルか知り合いの家に泊まれ。たぶんこれで決着がつく」

「本当ですか!?」

「いけ」

告げて扉を閉めた。丸芳たちは体を硬くしたまま横たわっていた。

「運がよかったな。今日は焼却炉が清掃中で使えないそうだ」

私はいった。

「助けてくれるのかよ」

「ただしお前たちがこれから裏切らないという保証に手帳を預かった」

「冗談じゃやねえ、クビになっちまう」

「死ぬよりマシだろう。もし裏切れば、この手帳が理由を訊かれるのも困る場所で見つかることになるぞ」

「あたしたちは手をひきます。もうここまで話したんだ。あなたを殺っても、どこからかそれがもれるかもしれない。お互いプロどうし、納得しましょうよ」

「殺されかけているにしちゃ、強気だな」

「もしここであたしたちを殺せば、あなたはただの警官殺しだ。プロならわかるでしょう。警官殺しは死ぬまで追われる」

「それをお前らは『セカンド』にやらせた。『セカンド』が癌になったのもそのせいじゃないのか」

丸芳は黙った。

「手帳は紛失届けをだすのだな。その年まで勤めたのだからクビにはならないだろう」

「――わかりました」

丸芳は息を吐いた。

「ジョーカーも、ジョーカーの助手だという女性にも、もう触りません」

「この店のことも忘れてもらおう。いっておくが、ここのバーテンは、俺より短気だ」

「はい」

「仲間にも徹底するんだな」

「ひとつ訊いていいですか」

悪徳警官だが、丸芳はいい根性をしていた。

「何だ」

「なぜ今になって――」

「『セカンド』のことを調べたのか、か」

「はい」

「あんたらの恐れている理由なんか何もなかった。頼まれたんだ。『セカンド』がどこでどうしているか、調べてくれ、と。もしかしたらそいつが二代目で、襲名のために初代を捜していたのかもしれん」

「女だそうですね」

「二代目の『セカンド』が、か？」

「いえ。依頼人ですよ、あなたの」

「誰から聞いた？」

「俺のメールに入っていた」

男がいった。

「なるほど。立って服を着ていいぞ」

私はカウンターの中に戻っていった。

二人はのろのろと立ちあがった。私は銃を手にしたまま、二人が衣服を着けるのを待った。

外には二人の仲間がいる。でていってすぐにまた、仲間を連れて戻ってくる可能性もないとはいえない。

先に服を着た丸芳の目が、カウンターにおかれたトカレフを見ていた。

「もちろんこれも預からせてもらう。お前らの指紋ごとな」

丸芳は首をふった。

「『ジョーカー』の名は昔から耳にしていましたけれど、こんな若い人だとは思いませんでした」

「若く見えるだけだ。本当は七十過ぎているのさ」

丸芳は力なく笑った。

「ご冗談を」

二人がでていくと、私はすばやくバーの扉に鍵をかけ、もっていた拳銃すべての指紋をぬぐって、床下のワインセラーに隠した。外で職務質問をかけられないための用心だった。

洋服を着替え、バーをでたのは一時間後だ。その一時間、強い酒を飲みたい気持をこらえるのに、苦労した。

10

南青山には戻らなかった。地下鉄とタクシーを使って尾行の有無を確かめながら浅《あさ》草《くさ》まで移動し、安いビジネスホテルに泊まった。

翌朝、「わ」ナンバーではないレンタカーを調達し、南青山に向かった。

マンションを張りこむ刑事の姿はなかった。少なくとも丸芳は手をひいたか、ひいたと私に思わせたいのだ。

車を近くの有料駐車場に止め、徒歩で最初の部屋に入った。携帯電話の電源を入れ、香里にかけた。留守番電話サービスにつながった。

暗くなると、部屋の明りをすべて点けた。

午後八時、電話が鳴った。非通知着信だ。

「はい」

電話の相手は無言だった。

「部屋にいる。警察は手を引いた。あがってくるか？」

私はいった。

吐息が聞こえた。

「いいわ。今からいく」

明穂がいった。


現われた明穂は、ジーンズスタイルだった。下腹部にやや肉がついたものの、体つきは昔とそうかわっていない。

今日は化粧けがなく、髪を毛糸で編んだ大きな帽子の中に押しこんでいる。肩から大きめのショルダーバッグをさげていた。足もとは、ジョギングシューズだ。

「彼女は？」

ドアを開けた私に、明穂は訊ねた。

「警察にいくといってでていった」

私は肩をすくめた。明穂の目が広がった。

「なぜいかせたの？」

「止めたさ。だが素人はいつまでもこんな状態には耐えられない」

「ただ止めただけ？」

「そうだ。それ以上何ができる？　ジョーカーは殺し屋じゃない」

三和土《たたき》に立っている明穂を見つめた。

「『セカンド』とはちがうんだ。なぜだ」

「なぜ、とは？」

明穂は落ちついていた。

「なぜ、『セカンド』を襲名した？」

「ジョーカーの名が使えなかったから」

明穂は答えた。私は首をふった。

「上がれよ。インスタントだがコーヒーでもいれよう」

明穂はじっと私を見ている。

「怒ってないの？」

「悲しんでいる」

明穂は小さく笑った。

「あなたが悲しいなんていうのを、初めて聞いた」

ジョギングシューズを脱いだ。男もので二十七センチはありそうだった。詰め物をしてはいているのだ。足跡を調べられても、女だとはすぐには見抜かれない。

ダイニングテーブルで向かいあった。

「どうしてだ」

私は訊ねた。

「父がもう長くない、とわかったから。子供も手がかからなくなってきたし。何かしたかった。でも、ふつうの仕事はしたくなかった。ただ、女だし、新しい名前でデビューしても、簡単には仕事がこない。だから『セカンド』がいい、と思った」

「『セカンド』が死んで、跡継ぎがいないという話は、木国から聞いたんだな」

明穂は頷いた。

「先生がときどき使っていた運転手が、『セカンド』のツナギだった」

「そして木国が今はツナギをつとめている」

「先生とは、父の代からのつきあいなの。先生にも反対されたけど、どうしてもやりたいっていった。父は、先生の命を二度助けていて、先生はそれを恩義に感じてる」

「副島という街金も木国の紹介か」

「そうよ。初めてだったけど、うまくいった」

目が輝いていた。

「もっと恐いと思っていた。本番じゃうまく体が動かないのじゃないかって。でも思った以上に簡単だった

「『セカンド』復活、か。もう次の依頼はきているのか」

「何件か、あるみたい。すぐにやったものかどうか、迷っているの。警察の動きも気になるし」

「先代の最後の仕事について、木国から何もいわれなかったのか」

「聞いてはいた。でも十年以上も前の話だし、連中が本当に動くとは思わなかった」

「動くように仕向けたのだろう。江東署のマル暴にメールを送って」

明穂は上目づかいで私を見た。

「もうそこまで調べたの。やっぱりプロはちがうわね」

私は首をふった。

「本当はどうしたかったんだ。奴らに俺を処分させて」

明穂は黙った。

「俺が『セカンド』捜しに動いたのは偶然だった。だが奴らにここのことを教えたり、依頼人が女だと吹きこんだのは、目的があってのことだろう」

「ジョーカーになりたくなったの」

明穂を見つめた。

「ずっとなりたかった。最初はあなたと二人でもよかった。でも父は許してくれなかった。その父がいなくなって、もうあたしがジョーカーになってもかまわない、と思った。あなたはまだまだ引退しそうにないし。あなたがいなくなれば、あたしが三代目」

「奴らを使って俺を排除しようとしたわけか」

明穂は小さく頷いた。

「あたしの手ではできない。やりたくなかったということもあるけれど、とても敵《かな》わないとわかっていたから」

「なぜ頼まなかった？　三代目になりたい、と？」

明穂は微笑んだ。

「許してくれた？　あたしが三代目を名乗ることを？　あたしがこの稼業に入ることを」

明穂のいう通りだった。笑い飛ばし、そして絶対に許さなかったろう。

「きのう今日、思ったことじゃないの。あなたといっしょになるのをあきらめたときから、ずっとずっと思いつづけていた。父の子はあたし、ジョーカーを継ぐのもあたしだって。あなたよりももっと、ジョーカーになりたかったのよ」

「俺が奴らに処分されたら、『セカンド』の仕事はどうするつもりだった？」

「本当にやりたかったのはジョーカーだもの。あれきりよ」

私は天井を見つめた。私も、父親であった先代も、知らなかった明穂がここにいる。

「——今まで通り茨城に住んで、必要なときだけ東京で仕事をする。インターネットがあるから、情報を集めるのもそう難しくないし……」

明穂に目を戻した。

「どう？　三代目が駄目なら、アシスタントでもいいわ。あなたが女のアシスタントを雇ったことはもう知っている人もいるし」

「いったろう。依頼人は警察にいった。もうジョーカーは終わりだ。この業界でジョーカーを信用する人間は誰もいなくなる」

「信じないわ」

明穂はきっぱりといった。

「なぜそう思う」

「そんな暇はなかったから。きのうの夜、麻布郵便局からでてきた彼女を車で拾ったの」

「バーを見張っていたのか」

「ええ」

「彼女をどうした？」

明穂は無言だった。私は目を閉じた。

「話してみてびっくりした。本当に素人だったのね。まさかあなたがあんな依頼をうけるとは思わなかった」

「殺したのか」

「他にどうしていいかわからなかったから」

目を開け、明穂を見た。

「依頼人を殺したら、この仕事は成立しない」

「これからは気をつけるわ」

悪びれるようすもなく、明穂はいった。私が黙っていると、訊ねた。

「アシスタントの話はどう？」

明穂が父親の話を聞き、父親の仕事に憧れていたことは、大昔のことだが、気づいてはいた。だがこれほど簡単に人を殺せる人間だとは知らなかった。結婚し、子供を生み、育てれば、表の世界の人間になると考えた私が愚かだったのか。

「その話もなしだ。俺は本気でアシスタントを使おうと思ったことは一度もないし、これからもそういうつもりはない」

明穂の表情が翳《かげ》った。

「そう。残念だわ」

立ちあがった。

「『セカンド』をつづける他ないみたいね」

ショルダーバッグを手にしていた。

「待ってくれ」

私はいって、寝室に向かった。形見のステッキを手に戻った。

「これは返しておく。『セカンド』の稼業をつづけるなら、そっちがもった方がいいだろう」

明穂は迷ったように見つめた。

「あたし、本当は叱られると思っていた。何ということをするんだって。『セカンド』の名を使って仕事をしたのも、あの子を殺したことも」

「そんな世界じゃない。けなされようが憎まれようが、生き残れる奴が、すべてをとるんだ」

「そうね。その通りね」

明穂はほっとした笑いを見せた。

「よかった。吹っ切れた」

ステッキに手をのばした。私は仕込みを引き抜き、明穂の胸の中心を貫いた。

明穂の目が丸くなった。

「嘘……」

吐息のように言葉を押しだした唇がわななないた。その目をのぞきこみ、いった。

「叱ったりはしないんだ。いったろう、生き残れるか、どうかだと」

肩からすべり落ちたショルダーバッグをつかんだ。重い。

ステッキの握りを放し、一歩退いた。明穂は仕込みを胸につきたてたまま、床にひざまずいた。ゆっくりと倒れていく。

バッグを開けた。サイレンサーを装着した小型のブローニングが入っていた。ただの主婦がこんなものを簡単に手に入れられる時代だとするなら、確かに引退を考えるべきかもしれない。

ステッキと部屋中の指紋をぬぐい、明穂の死体をそこに残して、ドアに鍵をかけた。本物の死体処理業者に連絡をとらなければならない。

有料駐車場に向かって歩きながした。歯をくいしばって、沢井にかけた。

「俺だ。今夜から店を開けていいぞ」

「そうですか、よかった。さすがですね」

たった二晩がひどく退屈だったようだ。沢井は弾んだ声をだした。

強い風が吹きつけた。ほんの数日前とはちがう、ひどく冷たい風だった。

電話を切り、それを握りしめたまま、止めておいた車のかたわらで立ちつくした。

本当に引退したいとき、人はその理由を誰にも話すことができない。

だから今夜も私は、バーで客を待つ。

解説

薩田博之（編集者）

本格ハードボイルド小説や警察小説、はてはホラー、ＳＦと幅広いエンターテインメントのジャンルで旺盛な執筆活動を続ける大沢在昌は卓越したストーリーテラーであることはいうまでもないが、キャラクター造形をより重要視するタイプの作家である。それは本人の「書いたことのないような主人公・設定ができたら書き始める。書いているうちに主人公たち、バイプレーヤーたちが面白く話を引っ張ってくれればオーケーだね」（二〇〇五年『ALL ABOUT 大沢在昌』）などの発言を引用するまでもないだろう。

ストーリーとキャラクターは小説を構成する両輪ではあるが、登場人物が個性的、魅力的であればあるほどより強く記憶に残るのではないだろうか。

デビュー作での佐久間公、「新宿鮫」シリーズの鮫島を代表とする、すべてを網羅するには枚数が足りないほど、常に魅力あふれる主人公を創造し続けるその作業は決して容易《たやす》いものではないことは想像するに難《かた》くない。

それを可能にしているのは、作家がもつ優れた人間観察力なのだろう。このあたりのキャラクター論は『小説講座　売れる作家の全技術』（角川文庫）が参考になるので機会があれば一読いただきたい。

そこで本作のジョーカーである。

六本木の外れにあるバーを依頼人との連絡場所にして、依頼人のあらゆるトラブルを鮮やかに解決してゆく最強のトラブルシューター。本名不詳。ジョーカーという渾《あだ》名《な》も「その渾名を知る者にとってのみバーとそこにいる私の存在は有意義になる」（「ジョーカーの選択」）。

着手金百万円は安くはない。だがその金額を払ってでもトラブルを排除したい者にとってなんとも頼りになる存在である。

「ジョーカーの当惑」では、盗まれた顧客データを取り戻してほしいという依頼。「雨とジョーカー」では、男と別れさせてほしいという。簡単そうに思えたトラブルの裏には思いもよらぬ敵の存在が。短編の枠を超えたダイナミックなストーリーが展開するのである。

また「雨とジョーカー」には『新宿鮫』（光文社文庫）の主要キャラがさりげなく登場する。ファンには嬉しいサービスである。

「ジョーカーの後悔」は本書の中で唯一、バーで依頼人を待つという設定を離れ、不本意ながら足を踏み入れた渋谷でトラブルに遭遇する、いわゆる巻き込まれ型の構成でまさに後悔先に立たず、である。

そして最終話の「ジョーカーの伝説」で初めてジョーカー誕生の秘話が明かされ、過去に因縁のあった女性が描かれる。

こうして一話一話のエピソードを積み重ね、ジョーカーの人間像を読者に印象付けてゆく。

これぞ短編集の醍醐味といえる。

この人物像はいかにして生み出されたのか。

今では「新宿鮫」シリーズや「狩人」シリーズのヒットで新宿のイメージが強い大沢だが、デビューしてから一貫して六本木をホームグラウンドとして、無国籍な六本木という街とそこに蠢《うごめ》く多様な人間たちを描き続けていた。このシリーズにおいても六本木のバーを舞台にしたのは必然といえるだろう。

またファンにはよく知られたことだが、こよなく酒と酒場を愛する。執筆を終えバーのカウンターでグラスを傾けるのは日常である。もしかしたら自らとジョーカーを重ね合わせたのかもしれない。もちろん本人がモデルではないだろうが、そんな想像をするのも読者の特権だろう。

実はジョーカーが最初に登場する作品「ジョーカーの選択」（『冬の保安官』角川文庫収録）は本書には収録されていない。初出は一九八七年に刊行された日本冒険作家クラブ編のアンソロジー『敵！』（徳間文庫）である。これには同クラブに所属する七人の作家の書下ろし短編が収録されているのだが、この同志にしてライバルたちとの競作というスタイルがジョーカー誕生の一つの要因としてあるのかもしれない。

アンソロジー収録のために書下ろされたという経緯を考えると、この後のシリーズ化まで考慮していたかはわからない。乱暴な言いかたをすると一回限りの使い捨てキャラで終わってしまう可能性すらあった。だが九〇年に「12月のジョーカー」（『死ぬより簡単』講談社文庫収録）を雑誌掲載という形で復活させたのだ。それはジョーカーが「面白く話を引っ張ってくれる」存在だったということだろう。

そしてこの九〇年は、書下ろしで発表した『新宿鮫』がベストセラーとなり、翌年の同作での吉川英治文学新人賞、日本推理作家協会賞のダブル受賞、九四年の『新宿鮫IV　無間人形』での第一一〇回直木賞受賞へと続くエポックメーキングな年だったといえるのではないか。

まだ三十代半ばを過ぎたあたりでありながら作家生活も十五年を超え、ベテランの風格さえ漂い始めたこの時期にスタートした「ジョーカー」シリーズ。数ある大沢の短編集のなかでも特別な意味を持つといっていいのかもしれない。

本書の冒頭作「ジョーカーの当惑」が「小説現代」に掲載されたのが一九九三年、最終話「ジョーカーの伝説」が二〇〇二年掲載、短編六本に足掛け十年というスパンは、直木賞受賞以降多忙を極めたという理由があったかもしれないが、あまり例のない長さではある。これは「書いたことのないような設定ができたら書き始める」という発言とシンクロし、マンネリを嫌い常に新しいもので読者を楽しませたいという作家としての在り様なのかもしれない。

結局のところ「ジョーカー」シリーズの短編は本書に収録された六本、続編である『亡命者　ザ・ジョーカー』（講談社文庫）に六本、前述した「ジョーカーの選択」と「12月のジョーカー」と合わせて十四本が執筆されている。これは「佐久間公」シリーズの短編十三本を超えるものであり、同一シリーズとしては最多である。ジョーカーは佐久間公と並ぶ特別な存在だったという証左だろう。ちなみに長編の最多シリーズはもちろん「新宿鮫」の十一作である。

本書を手に取られた方にはぜひ『亡命者　ザ・ジョーカー』を合わせてお読みいただきたい。

最後に大沢と短編について触れておきたい。

デビューした翌年には第一長編である『標的走路』を早くも上梓しているが、おおよそ十年ほどの間、精力的に短編を発表している。「小説推理新人賞」受賞者であるから、「小説推理」には佐久間公を年に三本ほどのペースで執筆。こちらは『感傷の街角』『漂泊の街角』（共に角川文庫）として纏《まと》まっている。他にも『アルバイト探偵《アイ》』（講談社文庫）『悪人海岸探偵局』（集英社文庫）『銀座探偵局』（光文社文庫）などのシリーズ物から単発ではホラー、サスペンス、意外といったら怒られそうだが『一年分、冷えている』（角川文庫）のようなハートウォーミングな掌編までそのジャンルは多岐にわたる。「新宿鮫」の短編集『鮫島の貌《かお》』（光文社文庫）も、人気コミックとのコラボなどが楽しい一冊である。

その、残した数が今の大沢在昌の礎となっているのかもしれない。

本書は二〇〇五年九月に小社より刊行した文庫の新装版です。

|著者|大沢在昌　1956年、愛知県名古屋市出身。慶應義塾大学中退。'79年、小説推理新人賞を「感傷の街角」で受賞し、デビュー。'86年、「深夜曲馬団」で日本冒険小説協会大賞最優秀短編賞。'91年、『新宿鮫』で吉川英治文学新人賞と日本推理作家協会賞長編部門。'94年、『無間人形　新宿鮫Ⅳ』で直木賞。2001年、'02年に『心では重すぎる』『闇先案内人』で日本冒険小説協会大賞を連続受賞。'04年、『パンドラ・アイランド』で柴田錬三郎賞。'10年、日本ミステリー文学大賞を受賞。'14年には『海と月の迷路』で吉川英治文学賞を受賞した。

大沢在昌公式ホームページ「大極宮」
http://www.osawa-office.co.jp/

ザ・ジョーカー　新装版《しんそうばん》
大沢在昌《おおさわありまさ》

講談社文庫
定価はカバーに
表示してあります

2021年9月15日第1刷発行

発行者――鈴木章一
発行所――株式会社　講談社
東京都文京区音羽2-12-21　〒112-8001
電話　出版　(03) 5395-3510
　　　販売　(03) 5395-5817
　　　業務　(03) 5395-3615
Printed in Japan

KODANSHA

デザイン―菊地信義
本文データ制作―講談社デジタル製作
印刷――大日本印刷株式会社
製本――大日本印刷株式会社

ISBN978-4-06-524985-7

講談社文庫刊行の辞

二十一世紀の到来を目睫に望みながら、われわれはいま、人類史上かつて例を見ない巨大な転換期をむかえようとしている。

世界も、日本も、激動の予兆に対する期待とおののきを内に蔵して、未知の時代に歩み入ろうとしている。このときにあたり、創業の人野間清治の「ナショナル・エデュケイター」への志を現代に甦らせようと意図して、われわれはここに古今の文芸作品はいうまでもなく、ひろく人文・社会・自然の諸科学から東西の名著を網羅する、新しい綜合文庫の発刊を決意した。

激動の転換期はまた断絶の時代である。われわれは戦後二十五年間の出版文化のありかたへの深い反省をこめて、この断絶の時代にあえて人間的な持続を求めようとする。いたずらに浮薄な商業主義のあだ花を追い求めることなく、長期にわたって良書に生命をあたえようとつとめるところにしか、今後の出版文化の真の繁栄はあり得ないと信じるからである。

同時にわれわれはこの綜合文庫の刊行を通じて、人文・社会・自然の諸科学が、結局人間の学にほかならないことを立証しようと願っている。かつて知識とは、「汝自身を知る」ことにつきていた。現代社会の瑣末な情報の氾濫のなかから、力強い知識の源泉を掘り起し、技術文明のただなかに、生きた人間の姿を復活させること。それこそわれわれの切なる希求である。

われわれは権威に盲従せず、俗流に媚びることなく、渾然一体となって日本の「草の根」をかたちづくる若く新しい世代の人々に、心をこめてこの新しい綜合文庫をおくり届けたい。それは知識の泉であるとともに感受性のふるさとであり、もっとも有機的に組織され、社会に開かれた万人のための大学をめざしている。大方の支援と協力を衷心より切望してやまない。

一九七一年七月

野間省一

松岡正剛
外は、良寛。
解説＝水原紫苑　年譜＝太田香保

良寛の書の「リズム」に共振し、「フラジャイル」な翁童性のうちに「近代への抵抗」を読み取る果てに見えてくる広大な風景。独自のアプローチで迫る日本文化論。

まＬ１
978-4-06-524185-1

柳　宗悦
木喰上人
解説＝岡本勝人　年譜＝水尾比呂志、前田正明

江戸後期の知られざる行者の刻んだ数多の仏。その表情に魅入られた著者の情熱によって、驚くべき生涯が明らかになる。民藝運動の礎となった記念碑的研究の書。

やＰ１
978-4-06-290373-8

遠藤周作　ぐうたら人間学
遠藤周作　聖書のなかの女性たち
遠藤周作　さらば、夏の光よ
遠藤周作　最後の殉教者
遠藤周作　反逆(上)(下)
遠藤周作　ひとりを愛し続ける本
遠藤周作　周作塾〈読んでもタメにならないエッセイ〉
遠藤周作　新装版 海と毒薬
遠藤周作　新装版 わたしが・棄てた・女
遠藤周作　深い河《ディープ・リバー》〈新装版〉
江波戸哲夫　新装版 銀行支店長
江波戸哲夫　集団左遷
江波戸哲夫　新装版 ジャパン・プライド
江波戸哲夫　起業の星
江波戸哲夫　ビジネスウォーズ〈カリスマと戦犯〉
江波戸哲夫　リストラ事変〈ビジネスウォーズ2〉
江上　剛　頭取無惨
江上　剛　企業戦士
江上　剛　リベンジ・ホテル
江上　剛　起死回生
江上　剛　瓦礫の中のレストラン
江上　剛　非情銀行
江上　剛　東京タワーが見えますか。
江上　剛　慟哭の家
江上　剛　家電の神様
江上　剛　ラストチャンス 再生請負人
江上　剛　ラストチャンス 参謀のホテル
江上　剛　一緒にお墓に入ろう
江國香織　真昼なのに昏《くら》い部屋
江國香織・文 松尾たいこ・絵　ふりむく
江國香織他　100万分の1回のねこ
円城　塔　道化師の蝶
江原啓之　スピリチュアルな人生に目覚めるために〈心に「人生の地図」を持つ〉
江原啓之　トラウマ あなたが生まれてきた理由
大江健三郎　新しい人よ眼ざめよ
大江健三郎　取り替え子《チェンジリング》
大江健三郎　憂い顔の童子
大江健三郎　晩年様式集《イン・レイト・スタイル》
小田　実　何でも見てやろう
沖　守弘　マザー・テレサ〈あふれる愛〉
岡嶋二人　解決まではあと6人〈5W1H殺人事件〉
岡嶋二人　99％の誘拐
岡嶋二人　クラインの壺
岡嶋二人　ダブル・プロット
岡嶋二人　新装版 焦茶色のパステル
岡嶋二人　チョコレートゲーム 新装版
岡嶋二人　そして扉が閉ざされた〈新装版〉
太田蘭三　殺《さつ》・風《ふう》景《けい》〈警視庁北多摩署特捜本部〉
大前研一　企業参謀 正・続
大前研一　やりたいことは全部やれ！
大前研一　考える技術
大沢在昌　野獣駆けろ
大沢在昌　相続人TOMOKO
大沢在昌　ウォームハート コールドボディ
大沢在昌　アルバイト探偵《アイ》
大沢在昌　調毒師を捜せ アルバイト探偵《アイ》
大沢在昌　女王陛下のアルバイト探偵《アイ》

講談社文庫 目録

大沢在昌 不思議の国のアルバイト探偵《アイ》
大沢在昌 拷問遊園地 アルバイト探偵《アイ》
大沢在昌 帰ってきたアルバイト探偵《アイ》
大沢在昌 雪蛍
大沢在昌 ザ・ジョーカー
大沢在昌 亡命者〈ザ・ジョーカー〉
大沢在昌 夢の島
大沢在昌 新装版 氷の森
大沢在昌 暗黒旅人
大沢在昌 新装版 走らなあかん、夜明けまで
大沢在昌 新装版 涙はふくな、凍るまで
大沢在昌 語りつづけろ、届くまで
大沢在昌 罪深き海辺(上)(下)
大沢在昌 やぶへび
大沢在昌 海と月の迷路(上)(下)
大沢在昌 鏡の顔〈傑作ハードボイルド小説集〉
大沢在昌 覆面作家
大沢在昌／藤田宜永／堂場瞬一／井上夢人／今野敏／月村了衛／東山彰良 激動 東京五輪1964
逢坂剛 十字路に立つ女

逢坂剛 重《じゅう》蔵《ぞう》始《し》末《まつ》
逢坂剛 じぶくり伝兵衛〈重蔵始末(二)〉
逢坂剛 猿曳遁兵衛〈重蔵始末(三)〉
逢坂剛 嫁盗み〈重蔵始末(四)長崎篇〉
逢坂剛 陰の声〈重蔵始末(五)長崎篇〉
逢坂剛 北門の狼〈重蔵始末(六)蝦夷篇〉
逢坂剛 逆浪《げきろう》果つるところ〈重蔵始末(七)蝦夷篇〉
逢坂剛 奔流恐るるにたらず〈重蔵始末(八)完結篇〉
逢坂剛 新装版 カディスの赤い星(上)(下)
逢坂剛 さらばスペインの日日(上)(下)
オノ・ヨーコ 飯村隆彦 編 ただの私《あたし》
オノ・ヨーコ 南風椎 訳 グレープフルーツ・ジュース
折原一 倒錯の死角〈201号室の女〉
折原一 倒錯の帰結
折原一 倒錯のロンド〈完成版〉
小川洋子 ブラフマンの埋葬
小川洋子 最果てアーケード
小川洋子 琥珀のまたたき
小川洋子 密やかな結晶〈新装版〉

乙川優三郎 霧の橋
乙川優三郎 喜知次
乙川優三郎 蔓の端々
乙川優三郎 夜の小紋
恩田陸 三月は深き紅の淵を
恩田陸 麦の海に沈む果実
恩田陸 黒と茶の幻想(上)(下)
恩田陸 黄昏の百合の骨
恩田陸 『恐怖の報酬』日記〈酩酊混乱紀行〉
恩田陸 きのうの世界(上)(下)
恩田陸 七月に流れる花／八月は冷たい城
奥田英朗 新装版 ウランバーナの森
奥田英朗 最悪
奥田英朗 マドンナ
奥田英朗 ガール
奥田英朗 サウスバウンド
奥田英朗 オリンピックの身代金(上)(下)
奥田英朗 ヴァラエティ
奥田英朗 邪魔(上)(下)〈新装版〉

2021年6月15日現在